ヨハンナ・シュピリ

初期作品集

FRÜHE ERZÄHLUNGEN VON
JOHANNA SPYRI,
DIE VERFASSERIN DES «HEIDI»

【翻訳】
田中紀峰

夏目書房新社

ヨハンナ・シュピリ

初期作品集

FRÜHE ERZÄHLUNGEN VON
JOHANNA SPYRI,
DIE VERFASSERIN DES «HEIDI»

DTP———小川路正
装 丁———郷坪浩子

ヨハンナ・シュピリ初期作品集

目次

訳者まえがき

「私がかつて経験したことが誰かの役に立つというのなら、ともかくもそのことをあなたに話さなくてはならないでしょう。」「今まで誰にも言ったことがなくて、うまく説明できるかわからないけど、もしあなたがどうしても知りたいというのなら、できるだけうまく話してみましょう。」これらは、ヨハンナ・シュピリが作中に現れる不幸な娘たちに語らせたセリフだが、同時に作家活動を始めたヨハンナ自身の独白でもあったはずである。

ヨハンナは最初、十代後半の読者を対象とした、比較的短編の「宗教的ジュヴナイル小説」を書き、だんだんに長いものを書くようになり、宗教色を薄めた、より低年齢向けの「児童文学」も書くようになった。そうした試行錯誤の過程で生まれた『ハイディ』はヨハンナを一躍流行作家にしたが、一方で彼女は生涯、若者向けに警句に満ちた作品を書き続けた。

本書に収めたヨハンナの処女作『フローニの墓に一言』と、これに続く一連の著作は「堅信礼」記念のプレゼント用に書かれたものである。当時のプロテスタント社会では、生まれたときにまず洗礼を受け、十六歳くらいになると学校を卒業して、教会で堅信礼、つまり本人の意思に基づいた信仰確認の儀式を受ける。堅信礼以後は一人前の大人として扱われる。ヨハンナはブレーメンで発行されていた教会新聞の編集者フィエトルからの寄稿依頼に応えて作品を送った。何でも好きなものを書いて良い、と言われたはずがない。教会新聞にふさわしい内容でなくてはならなかった。

大人になれば誰もが辛酸を舐める。ヨハンナはその試練に耐えるための劇薬を、特に若い娘たち向けに処方し続けた。それはむろん、自分自身の経験と反省に基づいていた。恋愛、結婚、家庭とは何か。貧困や病苦にはどうやって立ち向かうか。そういう「大人となる上での覚悟」について、読んで楽しく、ためになる助言や指針が盛り込まれていなければならない。死などの避けがたい運命には、最終的には神や教会による救済が説かれねばならない。

世界の読書人はヨハンナという作家の児童文学しか賞味していない。それ以外のシリアスな作品は、ドイツ語圏からなかなか出て行かないのである。

ヨハンナのデビュー作品は、『ハイディ』を生み出した作家の出発点を知るという意味で重要であるだけではない。これらの作品はかなりの程度「自伝」的であり、「私小説」的であった。自伝を一切残さなかったヨハンナという人を知る上で貴重な資料であるはずなのにきちんと検証された形跡がほとんどないのは不思議だ。彼女に関する伝記の多くも、単に童話作家の生い立ちという程度にしか紹介しない。本書に載せた作品のどれもが『ハイディ』とは、ある意味驚くほど似ていない。しかしながらいずれもあの『ハイディ』の作者でなくては書き得ないものばかりである。ドイツ語の専門家では決してない私が今回自分で原著を読み、このような翻訳物を世に問おうと思ったのは、そんなヨハンナ・シュピリの忘れられた一面を私自身知りたかったたし、また世の『ハイディ』ファンにも知らしめたかったからだ。

フローニの墓に一言

Ein Blatt auf Vrony's Grab

水に浮かぶ小舟！
もうしばらくしたら、甘く憩える、
ふるさとの岸辺で。

メタ・Ｈ・Ｓｃｈｗ

九月のある日、私は山から町へ戻る際に、出かける前にそうしたように、まず町の郊外の病院を訪れた。門のそばには顔見知りの看護婦がすでに立っていて、近くの教会を指さしながら、「あの人はもうあそこで眠っているのよ」と言った。

私は墓の番号をたずねた。そこには、誰の愛情にも飾られず、何も刻まれずに、ただ地面に遺体が埋められただけの一つの墓があった。夕日が緑の丘の上に最後の光を投げ、彼方に昔と変わらぬ雪山が輝く、平安な場所に、その墓はあった。夕日の中二人でさすらい歩いた丘に、彼女は永眠してしまった。あのとき、私たちにとって、人生がどんなに豊かで、未知の素晴らしさに満ちていたことか。あの頃からどれくらいの時間が過ぎただろう。

私には、かつては朗らかに響き、今まさに消えていこうとする歌声が聞こえる、

ちょっと待って、速く速く、

あなたも一緒に眠りなさい。

あなたの墓には十字架もなく、ここでは誰もあなたの名前を知らないけれども、ここは私にとって、あなたの記憶としっかり結び付いた場所だ。

一切れの紙をあなたの墓の上に置こう。ひょっとしたら誰かがそれを読むかもしれない、そしてあなたがそれを見付けてくれたらうれしい。

お休み、地上の小さな寝床で。

山里の小さな白い教会のそばに建つ古い家に、私は二十年以上暮らした。神様がこの小さな土地に与えてくれた素晴らしさを、自分自身の目と心で楽しみながら。「足りなければ、私たちは必要なだけ、与えられるだろう。私たちが望むだけ取ることができるだろう。」この古い家は、村の子供たちと一緒に私が最初にそうした教えを受けた学校だった。私は多くを望まなかった。そしてその教えが何を意味しているかおよそ察し、答えられただけで、私は満足だった。

最悪なことに、私の席は窓のすぐ近くだった。授業の間、私はたいてい外の緑の野原を眺めていた。日の光が地面を暖め、青い空を飛ぶ白い蝶がとてもかわいらしかった。細い道が遠くの丘を過ぎてトネリコの林に続き、風の音が心地良かった。ああ早くあそこに飛び出して行きたい。

余りお行儀の良くない思い付きから、私たちの席の近くに座っていた、教会番の娘フェロニカのことを、私たちは「教会番のフローニ」と名付けた。彼女は勉強には余り熱心ではなかったが、その代わり、人の心を開かせたり、授業を進展させたりする、素晴らしい能力を持ち合わせていた。私はよく彼女の手助けをしてあげた。

彼女のちぐはぐな顔立ちもまた私には特に興味深かった。灰色の瞳は人を貫くように賢そうだが、小さな丸い鼻は素朴で、その口がいたずらっぽく「への字」に曲がってなければ、人は彼女を信頼できる子だと思ったに違いない。私たちはだんだん親しくなった。お互いの顔を見ると、私たちがこれまで二人で体験したことが思い出され、またこれから体験するであろうことが思われて、こらえきれずに笑みがこぼれた。彼女と一緒に一度にいろんなことがやりたくなるので困るくらいだった。

ああ、毎日、午後四時に鳴らされる、楽しげな鐘の音がどれほど待ち遠しいだろう。門をくぐり夕べの風を抜けて、笑ったり叫んだりしながら、はしゃぎまわった。日が暮れるまで、フローニが自由に過ごせる間を、私たちはたいてい一緒に過ごした。フローニは丘を下った教会の芝生で私を待っていた。それから私たちは教会の庭の壁をよじ登り、反対側に飛び降りて、芝生の外に広がる牧草地へ駆けて行った。そこにはトネリコがざわざわと音をたて、空がだんだんと夕日で金色に変わって行った。ピラトゥス山の薄暗い断崖絶壁が明るい夕空に浮かび上がり、夕焼けの中に、心があこがれるような緑色の丘が横たわっていた。それから、近くの教会の鐘が鳴ると、私たちは立ち止まって耳を傾け、遠い岩山の消えそうになる光を眺めるのだった。

そんな夕暮れに、沈みゆく太陽の温かく燃える炎がフローニの瞳に宿り、彼女の顔付きが変化して行くのを見ると、もしかしたら、彼女は王家の迷子なんじゃなかろうか、という思いが浮かぶのだった。しかし、彼女の老いた父が鍵をがちゃがちゃ鳴らして、祈りの鐘を撞き終わると、フローニの表情はふいに改まって、いつもの顔付きに戻り、何か怒ったような目付きになるのだった。私たちは黙って別れる。二人とも、無口な彼女の父を恐れていたから。フローニは彼女の父の後について行く。彼女が仕事を始める時間だ。私が黄昏の中、静かな小道を帰る途中、彼女の家の低い窓の中をのぞきこむと、オイルランプのにぶい光に照らされて、織機のそばに彼女の父が、暗く無表情に座っているのが見える。壁際にはフローニが休みなく糸車を回している。まるで彼女の指の中に炎が燃えていて、車をどんどん動かしているように。

彼女に母はもはやいなかった。フローニには自分自身以外には父の家があるだけだ。そこで彼女は何事においても、教会の世話係でかつ織工の老父を助けなければならない。父の多大な要求に応えるため、他の子供たちが昼間の楽しかったことや辛かったことなどとっくに忘れて寝てしまう夜更けまで、小さな糸車を回さなくてはならなかった。

フローニは独特な性格の持ち主だった。当時私はそれがなんだかよくわからなかったけれども、私は彼女の詩的な、想像力に富んだ、彼女の中から自然に出て来る、ある側面に惹《ひ》かれていた。

春の夕暮れ、私たちが二人きりのときにはいつも、良い子のフローニ、私はあなたを誘い出した。私は決して自分が許せない。私があなたに許されるかどうか気に病んでいることなんて、あなたには思いもよらないことかもしれないけど。

四月の最初の日、あたりに残った雪を温かい風が一晩のうちに吹き融かして、庭のサクラソウの黄色い花を太陽が暖めていた。私は開いた窓のそばに立って、昨晩温かい風が乾かした、教会へ続く道を眺めていた。ちょうどそのとき日曜の夕方のお祭りを知らせる鐘が鳴り、近くの梨の木に止まったクロウタドリが私を甘い声で誘い出すと、私はもう自分を抑えきれず、丘をあっという間に駆け下りた。そこにはちょうど良い具合に、フローニが自分の家の前に立っていた。

「早く来て。」私は叫んだ。

「古いカシの木が立ち並ぶ裾野を太陽がすっかり乾かして、生け垣の下にはスミレが咲いて、私たちが採りに来るのを待ってるわ。」

「私、床磨きしなきゃいけないの。」フローニはほとんどやけっぱちな表情でそう言った。

「いいから速く来て。」私は彼女に催促した。

「スミレを根っこから引っこ抜くわよ、さあ、いらっしゃい。」

それで十分だった。手に手を取って、古い納屋を通り過ぎた。やっぱり、緑の裾野は夕日に照らされてまったく乾いていて、カシの木の上には鳥たちが楽しそうにさえずっていた。

「この地面の上に座りましょうよ。」フローニの提案に私は喜んで従った。

その夕方は、驚くほどに温和で、すてきだった。カシの枝にはそよ風が渡り、谷には新鮮な水が小さな音を立てて波打っていた。今や遠くのユラの山並みに日は沈み、雪山の頂きが赤く燃えるのを、フローニはじっと見つめていた。

「あなた、信じられるかしら、あの高い山の下に、何があるか。」そう彼女はいきなり私にたずねて、私の答えを待つことなく続けた。

「見て、あの輝きを。私は信じるわ、あの下には、大きな温かい世界があって、そこじゃいつも太陽が輝いてて、美しい庭には赤い花が咲き、黄金色のリンゴがなってるの。一度何かで読んだことがあるわ。そこには糸車の前に人が座んなきゃならない、小さな家や薄暗い部屋は一つもない。ああ、あそこに飛んで行って、二度と帰って来れなきゃいいのに。」

「じゃあ、あなたはそこで何がしたいの。」

燃えるような表情で、ほのかにバラ色に染まった雪原を見つめながら、彼女はやっと答えた、「私は、見知らぬ花が香る美しい庭に座って、ハープを奏でて、歌のうまい歌手になって、一日中歌っていたい。」

「歌手になるにはどうしたらいいの、フローニ。」私はたずねた。

「ええっと、つまり、私が夜更けに、ずっと薄暗い部屋の糸車の前に座ってなきゃならないとき、上手な歌手や、花や太陽のことを考えたの。そして心の中で私は歌手になってそれを歌ってた。」

「一つ聞かせてみて、フローニ。」

驚いたことに、フローニは、自分で作った詩を一つ私に聞かせてくれた。少なくともその最後の部分に、私はとても心惹かれた。詩の残りの部分は、もう覚えていない。その終わりの部分というのはこんなふうだった、

我が家はなんて狭いのかしら！

父さん、外に出してください！


「いったいどんなふうにそれを歌うの？」私は重ねてたずねた。

「それぞれにメロディーが付いてるのよ。でも、あなたが昔、話してくれた小鳥の詩に付けたメロディーが一番良いわ。もちろん詩自体も良いわよ。他のどんな詩よりも、本に載っている詩よりもね。」

「ひとつ歌ってみせてよ、フローニ。」

彼女はいつもより柔らかな、不思議な魅力のある声で歌った、

小鳥たちは森の中で眠る
ちょっと待って、速く速く
あなたも一緒に眠りなさい！

そこで私はたずねた。「ねえ、あなたは大人になったら何になりたい？」

「私は、幸せになりたい。」

彼女の答えは私には意外だった。私は彼女が、「女性歌手」になりたいとか言うと思ったし、彼女なら本当になれるかもしれないと思った。しかしフローニの答えはまるで予想と違っていた。私は彼女を驚きの目で眺めた。

「ええ、ええ、それが私の大きな望みよ。私も幸せな人になれるかなあ。決して消えてしまわない幸せを心の中に持っていたい。」

山は色あせてしまったが、それでもフローニは射るような目付きで、雪山の下にある夢の国を見つめていた。夜更けの星を丘の向こうの暗いモミの上に見付けて、驚いて私は言った、

「ああ、フローニ。すぐに夜になってしまう。あなたは床磨きの仕事をしなきゃいけなかったの

に。」

彼女の顔の上にかすかな恐怖が浮かんだが、それはすぐに消えてしまった。彼女は立ち上がり、冷静に言った。

「家に帰ったらぶたれるでしょうね。でもここはとってもきれい。何にもしなかったより、幸せのあとでぶたれるほうがましだわ。」

私たちは黙りこくってあぜ道をたどりめいめいの家に帰った。スミレを摘むことなどすっかり忘れていたが、そんなことはどうでも良かった。フローニはこれからぶたれなくてはならない。彼女が走り去ると私は気がとがめた。

フローニは私よりも二歳年上だったが、私たちの住む地方の学校ではそれは大して正確な意味を持ってなかった。私たちは同時に学校を卒業し、フローニは糸車から織機で働くようになった。それはこの地方じゃありきたりな女の仕事だった。私は父の家を離れて町に出た。そこではただ勉強をするというだけでなく、規則正しい生活をした。数年後私は今度は美しいヴァートラントに引っ越した。そこで私はフランス風の優美さを身に付けようとしたが、せっかちな性格のせいでうまく行かなかった。定められた年限が過ぎると、私は父の家に帰って来た。そこには昔と同じように、生け垣の側に古い梨の木が立ち、クロウタドリが止まってさえずっていた。かなたには雪山が輝き、昔のままに白い教会から夕べの鐘の音が鳴り響く。しかし、どうやら、人はまったく違ってしまった。ある人は大きく育ち、ある人は年老いていた。フローニの姿はなく、彼女を知る人はどこにもいなかった。彼女に何が起きたか、誰も確かなことは知らなかったが、私は一つの話を聞いた。ある若い大工が村に現れた。彼は傲慢で、粗野で、黒い目をしていて、彼が道を通ると誰もが彼を恐れ避けていたが、フローニだけは頓着しなかった。十九になるかならぬかという年齢で、彼女はその黒い目の大工と、私たちの村の小さな教会で結婚式を挙げ、彼はすぐにその妻を村から連れ去ってしまった。人々は首をかしげながらも彼女を見送った、と。もっと詳しいことを聞こうとしても、誰もはっきりとは知らなかった。

年が変わらぬうちに、私はいろんな世事に関心が移って行き、これまでの生活習慣や人生のやり方のいくらかを捨て去った。私は自分自身の道を歩み始めた。フローニのことはほとんど忘れかけていた。でも時折り、老いたカシの木の下の緑の裾野に来ると、彼女の記憶がよみがえった。あたりの丘を眺めると、谷水が波立ち沸き返りながら、音を立てて流れている。落ち着きなく永遠に移ろいながら、しかしいつも同じように。世の中の人々がまだ眠っている、黄金色の日曜の朝、私はすでにそこに立って、まるで私がいつも口ずさむ、叙事詩オデッセイの一場面のように、日が昇りゆくさまを眺めながら、目を覚ましつつある朝の自然の匂いをかいでいた。同じ日の夕方も、私はそこで、沈み行く日の光が雪山を照らすのを「心の内でギリシャの土地を求めながら」見ていた。穏やかな五月の夕暮れのことだった。目の前にはクラリデン山の雪原が、沈みゆく日に映えていた。その下には新緑の丘が横たわり、小枝にとまったクロウタドリが甘い春の声で鳴き、氷河の雪が融け、岩床の水は泡立ち満ちあふれていた。私の心は喜びに酔いしれた、

すべてのあなたの奇跡の業は、
この世の始まりの日からずっと素晴らしい。

眼前の自然の壮大さの中にある、目には見えぬ財産の宝庫が私を幸せにした。それは、私にあの言葉を教えてくれた「詩人侯爵」の手によって創作されたものであると考えるようになった。彼は私を泉に導いてくれた。この上なく幸せな気分にさせる、万人の渇きを癒やす、汲めども尽きぬ泉。私の渇きはその泉の水を飲めば飲むほどに昂じていった。

私はあのカシの木に寄りかかった。スミレの花の匂いが風に運ばれて来て、あの四月の夕べにこの場所に一緒に座ったフローニの記憶が再びよみがえって来た。それは決して過ぎ去ることなく、私の心の中でますます大きくなる喜びだった。

金色に輝き始めた夕空をぼんやりと見やりながら、私は近付いて来る足音に気付いた。私は、息

を切らしながらこちらへ歩いて来る老女が、何年もの間、フローニの家族と最も親しい隣人で、鼻のとがった、仕立て屋の奥さんのアンネであることがわかった。フローニと私は、特に悪意はなかったが、その外観から彼女をいつも自然と自分たちの敵だとみなしていた。

彼女ならばフローニのことを知っていると思い、私は彼女に声をかけた、

「こんばんわ、アンネさん。またお会いできてうれしいわ。」

「まあ口がお上手になったこと。」彼女の言い方はそっけなかったが、私の手を取って応えた。私はただちに、彼女がフローニについて何か知っているか、たずねた。

「もちろんさ。ずっとお隣さんだったからね。」

その返事に私は喜んだ。

「彼女について知っていることをみんな教えて。私はあの子のことをずっと心配していたの。」

「ああ、」彼女はかなり小馬鹿にしたような口調で言った、「同じ学校に通っている間は、いつもみんなと一緒に笑い、互いに愛しあっていたとしても、卒業してしまえば、ある者は幸せで、ある者は不幸な境遇に落ちる。そして誰にもかまってもらえなくなってしまうんだねえ。」

「不幸な境遇ですって？　もしかしてフローニが？」

「その通りさ。彼女が何も言わなくてもわかることさ。このぼけた頭が今でも良く覚えているよ、彼女を連れて行ったあの男のことを、これまで誰にも話さずにいたがね。」

「話して、アンネさん。」私は知らずにはおれない気持ちになった、「彼女は、大工の男と結婚したのよね。」

「ああ、その通り。」彼女は肩をすくませて言った。

「私ゃあのとき、近くの門の中にいたのだがね。すべてを見ていたよ。あの男はいかにもいけすかないやつだったね。落ち着きのない悪意のこもった、ぎらぎら輝く目付きで人をにらみ付ける男だった。あいつは、航海日誌を取り出して彼女に物語った。大きな船に乗って、見知らぬ木が生えて、色鮮やかな鳥が棲んでいて、大きな赤い花が炎のように燃えさかっているという、遠い土地を放浪して回ったとね。彼女はその話にがぜん興味を示して、次に続く言葉が待ちきれないというようすだった。私ゃそれをみてあの子に言ったのさ、『あんた、不幸になりたいのかい、』とね。」

アンネはそれが何か痛快なことのように、大声で笑った。

「ある日の遅い夕暮れ、私がこの道を通ると、私たちが今いるこのカシの木の下にあの子が立っていて、まるで特別なものを見るような目で、夕空を凝視してたよ。

『フローニ、』私ゃ言ったよ、『あんまり調子に乗ってると、二度と笑えなくなるよ、』って。

『いいえ、そんなことないわ。』彼女はそう言ったよ。

『私はあっちへ行くの。彼がずっと遠くまで連れて行ってくれる。』

フローニはいつもイカレた考えにとりつかれていた。それで誰かに頼って、どこかはるか遠くへ行かなくちゃならなかった。」

「じゃあ彼女は一緒にどこへ行ったの？」

「わからない。でも、数年して彼女は突然現れて、また村のお隣さんになったのさ。」

「フローニはいまどうしてるの？　昔と様子に変わりない？」

「とっくに、すっかり変わっちまったよ。彼女が何も話さなくとも、私にゃ良くわかっている。あの男は腹が立つと誰彼となく殴り付ける。特に自分の女房にゃね。」

「本当に？」

「もちろんさ。見りゃ誰にもわかるよ。私ゃ一度叫び声を聞いたもんで、何が起こったんだろうと見に行ったんだがね。戸を開けてみると、彼女は大工の男から私を引き離そうとするのさ。男の目は地獄の火のようだった。フローニは中で机の側に座って、頭を手で支え、額からは血がしたたっていた。彼女は死にそうなようすで、一言も口をきかなかった。彼女のそばの壁際には小さな子供が座っていて、必死な声で泣いていた。フローニは私を見ようとしなかった。私ゃ戸を閉めて出て行った。そして再び聞こえて来た叫び声で、中で何が起きているのか、はっきりとわかったのさ。」

「彼女はいつも黙っていたの？」

「そうだね。一度彼女は三日の間姿が見えなかった。四日目の夜明け頃に彼女が帰って来たのを私は見たが、彼女は私を見ようとしなかった。彼女はむっつりと、黙りこくって、忍び足で戻って来た。彼女の昔の歩き方じゃあなかった。うつむいて、何かが彼女の中で壊れたように。フローニはいつもかたくなで、助言を聞こうともせず、苦しみをじっと一人でこらえているように見えたよ。そのようすについ、涙が出て来てしまってね。それじゃあ、さようなら。」

彼女は突然そう言って丘の向こうへ行ってしまった。

私は一発殴られたような気分がした。自分の体を支える手すりのようなものがないと立っていられない気がした。私は自分の心の内に、何か彼女の慰めとなるようなことを、彼女を元気付けるようなことを探した。しかし、何一つ思い至らなかった。言い知れぬ悲しみが起こって来た。私はカシの木の下にうずくまって泣いた。

ずっと経ってからそこを立ち去ると、夜の星が暗いモミの木の上にまたたきはじめた。将来の夢を求めて燃える、フローニの明るい、子供の頃の瞳のように。

私はなぜその頃フローニに会いに行こうとしなかったのか。私があの晩、あのカシの木で泣いたのは、ただ一時的にフローニに同情したからじゃなかった。その苦しみのさなかで、何か重苦しい力が私に迫って来て、私はそれに対抗する武器を持たなかった。そんな苦しみの場所で私がオデッセイを感じ得たろうか。そんな打ちのめされた人生でホメロスのように快活でいられただろうか。

無理矢理そんなことはできない。だから私は彼女に会いに行くことができなかったのだ。
さらに幾年も、私はその暗いモミの木の上に夕暮れの星が輝くのを見ていた。私は幾たびも丘の上に立ち、落日を眺めた。私はその静謐な場所で、人の目の前に戦い出ることができないいくつかの深刻な問題と戦い、もの言わぬカシの木の下で不安にさいなまれながら独りで格闘していた。天界のこの上なく無益な美しさと、私の地上の人生からにじみ出す最悪な苦さの板挟みにあい、その丘の上に引き籠もっていた。それは私にとって、次のような言葉が刻まれた墓の丘のようなものだった。

人間の本質とは
なんだろうか。過ぎ去ることだ。
もうじき
土に還る
死のそよ風が
吹き込むやいなや。

アンネばあさんに丘で出会ってから十年余りが過ぎた。彼女はもうとっくに白い教会のそばの芝生の下に眠っていた。

私は最近設立された看護婦学校の成長に特別な関心を持ち、数年来、町に住んでいた。ある日私に一人の看護婦が話した、私の故郷の近くの山から一人の患者が連れてこられたと。私はすぐに病院の広間に向かった。その人は、ふとんを何枚も重ねたベッドに寝ていて、顔色が悪く具合が悪そうで、まったく衰弱したようすだったので、私は驚いたのだが、その灰色の瞳と、過ぎ去った日の笑顔の面影を見出だして、私は彼女に近付いた。フローニも私に気付いた。


「ほんとにあなたなの、フローニ?」ベッドに歩み寄りながら私はそうたずねた。

「ええ、ええ、」彼女は叫んだ、「あなた、来てくれたの。とてもうれしいわ。」

「フローニ、」そう言って私は手を差し出した、「昔通り、私たちは親しい友達よ。」

「ええ。」ためらいながら彼女はそう言った、「私もそうありたい、だけど私はとても不幸せで、でもあなたは違う。」

「あなたと私のどちらがどのくらい不幸かなんて、フローニ、そんなことは神様しか知らないわ。こんなに久しぶりにあなたに再会できてうれしい。」

私は彼女のそばに座り、お互いに見つめ合った。二人とも、ずいぶん相手の顔立ちが変わってしまったことに少し驚いた。

フローニの灰色の目に、新しい柔らかな光がさし、死にそうな表情が和らいだ。深い苦痛が彼女の顔立ちに見て取れたが、それは決して彼女を醜くはしていなかった。奇妙でしかも優美な、彼女の生まれ持った高貴さを私は感じた。かつてフローニが王族か何かのように私に思えた気持ちがよみがえって来た、それは幻想に違いないのだけど。私たちはしばらくの間、それぞれの考えに浸りながら、静かに見つめ合っていたが、急にフローニが言った。

「私はあなたの顔を決して忘れなかったけど、笑い顔しか記憶にないの。あなたは今でも、本当に、学校の生徒だったときと同じように笑える?」

「たぶん今も笑えるよ、でもあの頃のように、心の底から朗らかに笑えるかどうかはわからないけど。」私は、目の前の、衰弱して痛みに耐えている今の彼女には、もう笑えるゆとりなどないはずなのにと思った。

「ああ、フローニ、」私は心の中に抑えていた気持ちを吐き出さずにいられなかった、「あなたはずいぶん具合が悪いようね。もう長いことわずらってるの。」

「何年も。その跡をあなたに見せてあげるわ、」彼女は腕と首をむき出しにして開いた傷口を見せた。「私はもうおしまいよ。」

私はしばらく何も口がきけなかった。こんな苦難に何年もの間耐えていたなんて。この人のどこからそんな力が出て来るのかしら。そして苦しみのうちにある患者の目は温かい喜びの光に満ちている。私はとうとう聞かずにはおれなかった。

「フローニ、あなたはそんな苦しみの中にいて、幸せなの？」

こんな痛みに苦しみながら、日の光のような輝きに充ちている顔を私は見たことがない！

「その通り、その通りよ、心の底から、あなたにそう言いたいわ。なぜ？　あなたが理解してくれるかどうか、私にはわからないわ。」彼女は探るような目付きで私を見た。

「私には、わかると思うわ、フローニ。私はあなたがどれほど幸せなのかがわかる。」私は彼女に請け合った。その答えは彼女の心を動かした。彼女の灰色の顔に赤みがさし、両手で私の手を取って、気持ちのたかぶった声で言った、

「ああ、あなたは私の気持ちを理解してくれると言うのね。『深い窮地から私はあなたに叫ぶ』、あなたはその意味を知っている？」

「ええ、フローニ。」

「そしてあなたはこの詩句も覚えているかしら。」

私に哀れみがふりそそぐ
哀れみ、私はそれに値しない

「ええ、フローニ。もちろん。」

「そして今、あなたは嘘偽りのない心で言う、『あなたとともにいられるならば、私は天国にも地上にも何も求めない。』」

「私はフローニ、あなたから学ぶことができると、心の底からそう願うわ。そしてあなたにはできると私は信じている。」

「ええ、ええ、」彼女は温かいまなざしでそう言った。「私にはできるわ。そして本心からこれらの言葉を言うことができる。新鮮な泉の水のように喜びがあふれて来る。私は地上にはもう何も求めない。何の望みもない。痛みが私の小さな体を責めさいなもうと。私は、私の主の家に帰り、痛みを除かれ、喜びを与えられる。だから私は今も幸せでいられる。ますますそんな気持ちになるの。苦しみに返ることはもうない。なぜなら私がどこへ行こうと、主の手がしっかりと私を支えてくれるから。私は主の家から出て行くことはない。この収容所のような世界から私は天国へ行く。喜びからまた別の喜びへと！」

「フローニ。あなたの心に訪れた幸せが二度と失われないと、あなたにはわかるの。」

「ええそうよ。私が想像するのよりも、ずっと大きくて素晴らしいの。」

病院の面会時間が終わった。私が彼女と握手すると、彼女はさらに言った。

「見て、毎日愛する神様が私に新しい喜びをくださるの。私たちがまだ子供だった頃のように素晴らしく、そしてますます素晴らしくなる。あなた、また来るの？」

「もちろん、フローニ。すぐにまた。」

その日以来私は病院で許された面会時間にはいつも、フローニを訪ねた。彼女はいつも楽しそうだったが、彼女は日に日に弱っていった。看護婦は私に言った、「私はこのような患者を看病したことがない。」と。医者は説明してくれた、「彼女は灼けるような痛みに耐えているはずである。薬や治療は一時的に痛みを緩和できるだけのはずなのに、彼女はまったく痛みを訴えないし、彼女の容態についてたずねても、丁寧に治療してくださってありがとうとか、みなさんよく面倒をみてくださるなどの、感謝の言葉以外返事をしない。」と。

彼女は実際つらかったはずだ、だからあそこでじっと手を組んで祈りながら寝ていた。いくらか気分が良くなると、彼女は再び、周りの患者たちを慰めたり楽しませたりした。ときどき、長い間忘れてしまっていた、彼女独特の賢いユーモアが、青白い彼女の顔から、あふれ出たりした。

私たちはずいぶん長い間一緒に素晴らしい時間を過ごしたが、私は未だに、彼女の内なる人生からあふれ出して来る豊かさが何なのか、わからずにいた。彼女はいつも静かで、私にただベッドのそばにいて欲しいと願った。彼女はしばしば言った、

「私は今はもう痛みで話すこともできない、でも、心の中では今も歌うことができる、

私はあなたを行かせない、あなたはどんな困窮も救ってくれる！
重荷に重荷を重ねても、私はそう望む
たとえあなたが私を殺そうとするように見えても。
私を、あなたの好きなようにしなさい、
私はあなたから離れない、
あなたは姿をみせず、
どんな苦難も救ってくれる。
私はあなたを行かせない！　私はあなたを行かせない！」

そんなあわれな患者の代わりに、私がいろいろな歌を歌ってあげると、彼女はとても喜ぶのだった。

私はあるとき彼女にひとつのグレープフルーツをお土産に持って行った。
「ああ、」彼女は私が部屋に入るやいなや叫んだ、「それは私がかつて心の中に描いた果実のようだ。ずっと遠い世界の。そこじゃ黄金色のリンゴが木になってて、深い青空の下、燃えるような花の上に太陽が輝いてるの。」

「フローニ、一度聞いてみたかったの、あなたは夫と、遠いところに行ったんじゃないの？」

「いいえ。」彼女は悩ましげにそう言った。「ああ、一度も。私には悲しみしかない。それをあなたに話した方がいいかしら。」

それは私がとても望んでいたことだった。今それを彼女の口から聞けるなんて。

結婚式の直後、彼女の夫は、私たちの故郷からそう離れていない、田舎の山里に、彼女を連れて行った。そこで彼は彼女に言った。「おまえはしばらく、ここに留まってろ。」「どうしてすぐに遠い国に旅立たないの。」と言う彼女の問いに、大工の男は言った。「もうこの土地で十分な仕事を見付けたし、おまえもここで楽しく豊かに暮らせるからさ。」それが彼の答えだった。それはフローニが望んでもいないことだった。そしてさらに彼女にとって事態は悪くなっていった。彼女は朝から晩まで織機のそばでずっと仕事し通しだった。しかし男はそこで何の糧の元も持たなかった。彼はとんでもない遊び人だった。昼も夜も遊びほうけ、飲んだくれて、お金を貯めるのでもなく、旅立つのでもなく、いたずらに年数が過ぎて行った。彼女には一人の男の子が生まれたが、彼女には母になる覚悟がまるでできていなかった。フローニは夫に、どこか故郷の近くの土地に移って、そこで二人でもっと良い仕事を見付けようと持ちかけた。自分の故郷にだけは戻りたくなかった。そればかりは我慢できなかった。彼女は故郷の隣の里に帰って来た。しかし、男はまったく仕事を見付けず、ますます性格が粗暴で荒々しくなっていった。いつも彼の妻を粗末に扱い、暴力をふるった。

酔っているときには特に手が付けられなかった。フローニは世の中のすべてから引きこもってしまい、彼女の誇り高い性格はまったく外へ響かなくなり、彼女は絶望的な気分に落ち込んだ。身の破滅ぎりぎりに追い込まれた。彼女は一度、谷川に身を投げてすべてを終わらせようと決意したが、彼女の子供のことを考えて思い留まった。それから彼女はうすぼんやりとした絶望の中で日々を送った。すべてを一時的な気休めで片付け、すべてをなるようにまかせた。彼女はどうしようもなくて逃げた。でもどこへ？　自分ではわからなかった。二日二晩、どこをどうたどったかもわからずただもがき苦闘した。すべての困難を終わらせようとした彼女の目の前には、再び彼女の子供が浮かんだ。

三日目の晩、彼女は一つの石の上にぐったりと死にそうになって、座っていた。彼女にはもはや、何かをしようという何の意思もなかった。生きようとか死のうという望みすらなかった。広い世界に彼女の世話をしようという一人の人間もいなかった。そして石の上で魂の抜け殻のような心地で座っていた。そのとき私たちの村の教会の鐘の音が聞こえて来た。昔よく聞いていた音だ。古い記憶が心の中によみがえった。彼女は石から立ち上がり、無我夢中で教会へ走って行った。古い牧師の家の広間に一人の牧師がいた。かつて教えを受けた、穏やかな男だった。彼は彼女を優しく受け入れ、彼女はすべてを彼に打ち明けた。彼女がいかにしてだまされたかということ。それからひどい扱いを受けたこと。もうこれ以上耐えられないこと。そして夫を何とかしたいと願っていること。

彼は彼女が話し終わるのをじっと黙って聞いていた。そして彼は、決して忘れられないことを言った、「フローニ、あなたの夫はあなたにひどい仕打ちをしましたね。神は彼を見付けるでしょう。彼はあなたを探していますが、あなたはあなた自身を見付けなくてはなりません。あなたの夫ではなく、あなた自身が自分から逃げなくてはなりません。そうしないと、あなたには決して自由は来ません。」

「『何を言ってるのか、わかりません。』私はすっかり驚いて牧師を見た。『あなたは教会に行きますか、そして聖書を読みますか。』

どちらも長年やったことがなかった。どうして私が他の人たちと一緒に教会に行かなきゃならないのか。聖書についてはよく知ってはいたが、長いこと読んでなかった。私は正直にそう牧師に言った。

彼は哀れむような目で私を見て言った、『あなたの夫がいる家に帰りなさい。もし彼に対する怒りがわいて来たら、手を組んで、心の中でずっと祈りなさい、私たちを誘惑に導かないでください、と。聖書を取って、日曜日に教会へ行きなさい。あなたは知らない、何に打ち勝つことができるかということを。』さらに彼は私に言った、もし困難に直面したら彼のところへ来いと、困難は私にとって良いことであると彼が教えてくれると。

彼はそして私を帰らせた。私は混乱していた。牧師は私に優しく語りかけてくれた。彼は私を哀れんでくれた。そしてあれほどはっきりと夫のもとへ帰れと言った。彼からではなく、私自身から逃れるということ。地上で誰一人として知ろうとしない私のことを、神様が探してるということ。この二つのことはとても近いことのような気がした。心の中でその二つのことをああでもないこうでもないと考えた。ああ、天国にいる主がどうして私を探すことができるのだろう！

強い感情がわいて来て、すごく久しぶりに涙が出て来た。そして家に帰る途中ずっと泣いてた。」

フローニはここで一旦休まなくてはならなかった。彼女は疲れ果てていた。追憶で胸が一杯なようすだった。二日後、私は再び彼女を訪れて、もっと私に話してくれるかとたずねると、彼女は喜んで話し始めた。フローニは牧師の言葉に忠実に従おうとしたが、それは彼女にとって簡単ではなかった。彼女が帰宅したその晩も、夫はただちに彼女に悪口を言い始め、その怒りを口や手で彼女に浴びせた。「私たちを誘惑に導かないでください！」そう静かに祈るのは難しかった。彼女は黙っているしかなかった。「ああ、何日ものあいだたいへんな惨めさと嘆きの中にいたの、」彼女は続けた、「私は理解し始めたの、私自身から逃げなくちゃならないとして、じゃあどこに？あの牧師は教会に来なさいと言った。日曜日が二、三回来たけど私はまだみんなのように教会には行ってない。もう長い間。みんなが私を見るわ。私はあの人たちの仲間じゃないと思ってた。でも四回目の日曜日に、私の生まれ故郷の牧師のところへ行ったの。彼は良き羊飼いのように、迷っている羊たちに説教をしていた。そして、彼の群れのなかでも一番ちっぽけな子羊も、彼は一生懸命見付けようとした。立派で素晴らしい羊たちの群れを飼っていながら、彼に安息はない。迷ってる羊を再び見付け出すまでは！　私の心の中に今一度思い起こされた、その羊は私だ！　そのちっぽけな、迷ってる羊は私だ！　その羊飼いは私を探していたんだ！　彼は私に与えられたのだ！　夢見る者のように私は教会から家に帰った。それは私の心を癒やす、心の中にわき出す命の泉だ。私は一人の羊飼いに飼われてるのだ。彼は私を愛する。彼は私の失意を知ってる。彼は私を探す。彼は手をさしのべてくれる！　それから私のすべてが変わった。今はもうはっきりと見える。どこから私が逃げなきゃならないのか。しかしどこへ逃げれば良いのだろう。以来私は心の中でいつも歌ってる、

私は重い縛めにつながれている、
あなたは来て、私を解放する！
私はばかげていて、はずかしい
あなたは来て、私を大きくする、
そして私を気高くする
そして偉大な贈り物をしてくれる、
それは尽きることはない、
地上の富のようには！」

フローニが最後まで話し終えると、彼女は静かに手を組んで祈り始めた。そして私たちは二人とも暫くの間、一言も口にしなかった。それから私は彼女に再びたずねた、いったいその素晴らしい歌はどこで覚えたのかと。彼女は答えた、あの日、牧師に説教されたあと、自分の聖書を探していたら、聖書の隣に、子供の頃に見た、亡き母が書いた本を見付けた。それがなんだか彼女にはわからなかったが、開いてみると、古い歌を集めた本だった。彼女が言うには、それは生きた水の流れのように、もはやどんな惨めさの中でも、彼女が爽快さを失うことはない。

再びフローニを訪ねたとき、私は数週間旅に出なくてはならないと告げなくてはならなかった。帰り次第できるだけ早く会いに来るつもりだと。

「そんなこと私は望んでないわ、」と彼女は陽気に言った、「今の私を見て！」

彼女はおそらく正しい。彼女の陽気さを見ればその痛ましさを私たちは忘れてしまう。そして今もその苦しみはますます強くなっているのだろう。

「あなたが帰って来る頃、私は天国にいるでしょう。そこで私たちは再会することができる。あなたにまた出会うのを楽しみにしてるわ！」

「ええ、フローニ。それじゃまた会いましょう！」

三週間後に私が帰って来ると、フローニは芝生の丘の下に眠っていて、すべての苦しみは終わっていた。

小さな山里の白い教会には、それ以来ときどき、日曜日に一人の男が現れた。いつも決まった角の席に、ずっと離れて、半ば隠れるように。それはあの粗野な大工だった。

亡くなったフローニがそれを知ることはなかった。いまさらもう、取り返しのつかないことだ。外の丘の上のあの古いカシの木は切り倒されたが、四月には生け垣にスミレが匂う。二十年前と同じように、緑の斜面は静かで、夕日の中に愛らしい。

マリー

MARIE

草花が生い茂る、私たちが住む北アルプスの麓で、「雌鶏の眼」と呼ばれる、小さくきゃしゃで、香りの良い植物と出会うことがある。赤みがかった小さな葉は風が吹くたびにちぎれてしまいそうだ。私はただ言葉も無く、みるみるうちに傷付いていくのを見守るしかない。この山の花たちにまじって、見知らぬ土地から来たかよわいよそもののように立っている。そして誰かの手によって故郷の土に戻してもらうのを、他人の土地でひっそりと静かに待ち望んでいるように見える。

養護施設の腕白な子供たちの群れの中に、小さなマリーを初めて見たときも同じような印象を受けた。

マリーはほっそりとした体付きの子供で、九歳もしくは十歳の年齢からすれば、どちらかと言うと小柄で弱々しかった。細い顔にかすかな赤みがさし、灰色の瞳は深い憂愁をたたえている。誰もが心を動かされ、問わずにはいられなくなるのだ。

「いったい何をされたのか、かわいそうな子供よ。」

こんな生き物がどんな土壌から生まれ得たのだろう。どんな手荒な扱いを受けて来たのだろう。そしてどうすれば助けてあげられるのだろうか。マリーはどこから来たのかと調べてみたら、最初は町の病院にかなり長い間、足を治療するために入院していたのだが、主治医の推薦によって、養護施設に預けられたのだという。それ以前、マリーは非常に評判の悪い母と共に、少し離れた土地に住んでいた。

晴れた日に、養護施設の子供たちは建物の前の庭で草むしりをする。そのとき私はマリーを観察した。私は彼女に歩み寄り、私たちは少しずつ知り合いになっていった。彼女は恥ずかしがり屋で小さな言葉で短く返事をするだけだったが、彼女の言葉から、私は信用されているのだと思われた。

養護施設の子供たちの中で、私はマリーが一番気にかかった。あるとき知り合いの町医者に会う機会があり、マリーという子供の病気について知っているか、私はもっと彼女のことを知りたいのだが、とたずねてみた。彼はその足の悪い子供について非常に関心を持っていた。彼はマリーが足の病気ではなく、暴力によって怪我を負わされたのだということにすぐ気が付いた。何があったのかと彼はたびたび問いかけてみたが、その子供はいつも、足の病気にかかったという同じ答えを繰り返すだけだった。何も恐れることはない、秘密は守る、どんな結果になっても必ず守ってやると医師が約束すると、やっとマリーは自分が虐待を受けたことを打ち明けたのである。

虐待！　こんなか弱い子供に！　そのことを思うと、私は心の底から責められ苦しめられた。大人たちが互いに殴り合い首を絞め合うことは悲しいことだが、無抵抗な子供を虐待し、繊細な子供の心を痛め付けることは、他と比べられようもないほど重い罪だ。

施設の婦長からマリーに対して苦情が出るようになってすでに数ヶ月ほど経っただろうか。訴えはたびたび繰り返され、頻度も増えていった。婦長はきつい言葉で、反抗的でいたずらな、マリーの頑固な性格を非難した。施設の院長はしかしその欠点をとがめることはなかった。彼の目から見て、マリーは授業中、静かで熱心であった。しかし、婦長に対する態度について、彼はしばしばマリーを叱らなくてはならなかった。彼女の不作法さに悪気はないという点で院長と婦長の意見は食い違っていた。

施設の役員の一人がマリーを呼び出して、どのくらい罪の意識があるのか、お説教をしようとすると、マリーは何日も返事をせず、反論もしなかった。婦長には何も言わず、その言うことに従うこともなかった。

婦長にも多少の粗暴さはあったかもしれない。しかし、マリーには何か人に知られたくない強情さ、依怙地さはあっても、子供らしい順応性がないということに、皆一致して気付いていた。

時が経ってもマリーの行いは直るどころかますますひどくなったので、彼女はしばらく施設の外の人の家に預けられることに決まった。

少し経ってから養護施設でマリーに再会したときも、彼女は余り見た目が変わっていなかったが、そのほっそりとした頬は少し血色が良くなっていた。彼女の声は柔らかだが、余りおどおどしなくなった。かすかな歩み寄りの姿勢が態度に見えた。親しげな語りかけに対しては心を閉ざすというよりは心を開こうとする印象だった。

マリーは裕福な農家に預けられ、そこに数年いたが、苦情は一度も聞かなかった。マリーは再び養護施設に戻って来たが、元の院長も婦長も去って、別の人が面倒を見ていた。もはやマリーに関するわずかな苦情も聞かれなかった。

マリーが十六歳になると彼女は堅信礼を受け、養護施設を離れて、町で紡績の仕事を始めた。この頃私はマリーをよく見かけた。彼女は最近、特に私に対しては社交的で親しみやすくなった。彼女はほとんど毎週日曜日の午後に我が家を訪れた。私たちはそこで二人だけの静かな時間を共有した。彼女の今の仕事のこと、現在の喜びや心配ごとも話したが、彼女にとってそれは余り重要ではなかった。彼女はむしろ子供っぽく庭の花々を楽しんでいた。マリーが養護施設にいた頃、それ以前に彼女が母親と暮らしていた頃の話はほとんど聞かなかったので、私は彼女の人生について何も知らないままだった。

ある日曜日、私が家の庭の中のライラックの茂みの陰に座っているとマリーが入って来た。彼女はそれほど大きく成長してはおらず、彼女の姿はきゃしゃでほっそりしたままだった。その柔らかく黒い髪はきちんとおさげに編んで頭に巻き付けてあり、灰色の瞳はかつての憂愁をたたえていたが、今は輝きが加わり、何かへの恐れは感じられず、頬の血色も良くなっていた。マリーの姿は愛らしくなっていた。

彼女が緑の枝の下のベンチに私の隣に並んで座ると私は不思議な気持ちがした。太陽があまねく大地を照らすような、この少女の暖かな表情はどこから来るのだろう。

そよ風が青空から吹き、
銀盃花は静かに立ち、月桂樹は高々とそびえ、

という詩のように。


マリーはまわりの花々を注意深く観察し、それから私に振り向くと悲しそうに言った。

「この庭には、白百合はまったくないの？」

私は特に白百合を庭で育てようと思ったことがなく、実際にそれは一本もなかった。「どうしてそんなにあなたは白百合が好きなの？」

「それは、この世で一番美しい花だからよ。私の生まれた村からそんなに遠くないところにある大きな庭に、白百合が咲いてたの。私は今でもいつそれが咲いて、どのくらい開いたままでいるか覚えている。ああ、それはとても美しくて、太陽の光の下で雪のように白いの。私は毎日その庭に行ってずっとそこにいた。」

マリーが自分から身の上話を始めたので、私はたずねた、「どんな暮らしだったの、兄弟姉妹はいたの、」と。彼女は小一時間ほど私に説明した。大きな工場のある遠くの村の小さな家に育ったことや、彼女と共に暮らした母や兄弟姉妹たちのことを。マリーは父を一度も見たことがなく、どんな人でどこにいるかも知らなかった。家の中にはたくさんの人が住んでいた。マリーの母は台所部屋に住んでおり、マリーたちもその部屋で母と一緒に寝た。

まだマリーが幼い頃から、彼女の母はマリーを村や周りの農場へ物乞いに行かせた。そうしてマリーは近所のすべての家のすべての庭にどんな花が植えてあるかを知った。花が咲いている庭を見て回ることは彼女にとって楽しみであった。彼女が一番好きだったのは、村の近くにある大きな家の庭だった。そこには白百合が植えてあり、昼も、星の輝く夜も、マリーは庭の垣根のそばに立って、美しい花を見ていた。そのことが忘れられないというのだ。

「悲しいことがあればいつも、私はその百合のことを思い出し、夕方そこへ行って百合を見れば、私はまた幸せになれたの。」

マリーが学校に通うようになっても、彼女は母に言われて、夕方物乞いに出なくてはならなかった。

「学校帰りのある晩のことだった、」マリーは話し続けた、「ああどんなにかあの百合は美しく、空は暗く赤みがかり、花の上に輝いてたことか。」

「どんなふうに？　話してみて。」

「学校から家に帰る途中、空が遠くに燃える炎のように真っ赤だった。」彼女の母はマリーに言った、「誰かに何か物をもらって来なきゃ、おまえに晩ご飯はあげられないよ、」と。夕立が迫っていたので、彼女は走らなくてはならなかった。力の限り走って、彼女が百合の庭まで来ると、その花はいつもとまったく違って見えた。

「夕日が金色の炎のように百合の上を照らしてた。」マリーは叫び、目を輝かせた。まるで今も目の前にその花が咲いているかのように。「そして私は思ったの。天国もこんなふうなんだって。そこでは一面に白百合が咲いてて、その前で私たちは永遠に眺めていられる。家に帰るのがとても遅くなるかもしれないっていう心配もしなくて良い。何度か雷が鳴ったけど、でも私はちっとも気にしなかった。とてもキレイだったんで、私はそこにいつまでも立ってた。でも突然厚い灰色の雨雲が空を覆って、ピカピカッといなずまが走ったんで、私は怖くなった。私はその光が見えないように、地面にうつぶせになった。でもすぐに雨が降り出して、私はあっという間に濡れてしまった。そして夜が来て、家に帰れないくらい暗くなって来た。私はあわてて走って家に帰った。私が台所に入ると私と一緒に戸口から家の中に水が流れこんだ。そこには母が立ってて、とても怒ってた。

私は母に、何も持って来なかったと白状しなくてはならなかった。母は私の腕をつかんで言った、『どういう目にあうかわかってんだろうね。どうして家の中に入って来たんだい。』そして母は私をフライパンで何度も殴った。私は足が痛くて立てなくなり、ずっとうめきながら床に座って泣いた。母は、さあ立ちなさい、と言った。もう怒ってなかった。でも私は立てなかった。そうしたら母は私をベッドに運んで行った。私はでももう立てなくなってた。足がすごく腫れてて、とても痛かった。そうしたら母は、『私は牧師に会って来る、おまえは入院しなくちゃならない、おまえは牧師や医者に、どうして足がそんなふうになったか話しちゃいけないよ。足の骨の病気のせいだって言いな。医者がほかにも足のことを聞いたら、転んで怪我をしたんだって言うんだよ。』って。そして母は私を小さな荷車に乗せて病院に連れて行った。」

「あなたは養護施設に来る前に、家に帰ったことはあるの。」

「医者はなぜこんな足になったのかってすぐに聞いたわ。私は母に言われた通りに返事をした。『私にはよくわからないの。』と無邪気なふうに。医者は少し笑ってたみたい。数日後、医者はまた私にたずねた。そして私はまた同じように答えた。医者は今度はすごく親しげに話しかけて来た。『私にはその足がどうしてそうなったか良くわかっている。そしてあなたが本当のことを言ってない、ということも。』私はとうとう最初から、本当のことを、怖がらずに言わなきゃならなかった。医者は私にとても気を遣ってくれた。医者はもう何でも知ってるし、最初から最後まで、すべてのことを知りたがっているのだから、私は百合のことから何まで全部を話した。彼はとてもやさしく私の手を取って言った、『あなたはもう母親のところに帰らなくても良い。二度と物乞いに行かなくても良い、』そういうことになったの。それで私は病院から直接養護施設に来た。」

「マリー、」私はしばらくして言った、「私は他にももう少し知りたいことがあるの。あなたは婦長さんと何か楽しくないことでもあったの。彼女とうまくいかなかったのかしら？」

「ええ、私はうまくやろうとしたのだけど、でも、」ためらうマリーを私は励ました。「あなたは思い出したくもないことかもしれないけど、お願いだから私に本当のことを、あなたに起こったすべてのことを言って。」

「私はすぐに気付いた。婦長は私のことを好きじゃなく、私のやることすべてが、私の思うように彼女には伝わらないってことを。夏に私たちはちょっとした旅行に行ったのよ。それ以来、彼女は私のことが耐えられなくなってしまい、私もそうなってしまった。」

「それで、マリー、その小旅行っていうのはどんなものだったの。」

「ああ、旅行ね。とてもすてきだったわ。私たちは湖に行った。そこにはキレイな花の庭があって、白い百合が咲いてた。私は庭に走って行って、そのすてきな眺めを楽しんだ。花壇のそばには一人のおかみさんが立ってて、私にたずねた。『どの花が欲しいですか、』って。私はうれしさに何も言葉が出なかった。私に花をくれるなんて考えてもみなかった。でもその女の人は私に本当に大きな白百合を手渡してくれた。なんてキレイな花！　私はうれしさの余り、その花をしっかり持ってることさえできなかった。私たちが宿に戻ると、私はその花を花瓶に生けて、ベッドのそばに置いた。夜、部屋を月が照らすと、私は二度も起きてその花を眺めたわ。翌朝私たちは疲れてたんで寝坊した。そこへ婦長がやって来て、みんなのことをとても怒ってて、特に私のことを怒ってて、いつものように、『おまえはどうせろくな娘にはなりゃしない』って言った。そして私の百合をグラスから取って、茎をぽっきり真ん中でへし折って、雪のように白い百合の花を彼女の手の中でもみくちゃにしちゃった。私は大声で叫んだわ。その日以来私は婦長を避けて、実際返事もしなかったし、婦長の言うことは何も聞こうとしなかった。養護施設を出たときはもうあいつの顔を見なくて済んでせいせいした。でもね、それは良くないことだったって、今では気付いてるよ。」

私はマリー自身が最後に付け足した言葉がうれしかった。

彼女が立ち去るとき、私は一緒に庭の中を通り抜けて、彼女に聞いた、「この庭のどこに白百合を植えたら良いと思う？　今度の夏には植えたいわ。あなたがこの庭にその花の苗を持って来てくれるかしら。そして最初に咲いた花はあなたにあげたいの。」彼女の目が輝いた。すぐに彼女は色とりどりの夏の花が咲きそろった花壇に走って行った。

「ここ。私はずっと考えてたの。ここに大きな白い百合が咲いてたらいいなあって。」

毎年夏の日曜日に、彼女がここに自分の花を見に来ることを私たちは取り決めた。

マリーはたびたび日曜日にやって来た。彼女はだんだん親しげになってきた。彼女は花の一つ一つを見渡せる、庭の中央に座っているのが一番好きだった。小さな花束を作るたびに彼女はその子供らしい心を喜ばせた。

ときどき私は彼女にたずねた。「近頃、よく乾いた咳をするようだけど、」と。しかし彼女はいつも、「別に大したことじゃないわ、いつものことよ、」と考えていた。そんなことがしばらく続いた。

秋が来て、鋭い風が木の葉を鳴らす頃に、マリーはまた私のところへ来た。私はショックを受けた。彼女の熱にほてった顔色は、すぐに血の気が失せる前兆だろうと思われた。

「あなたは熱があるわ、マリー。」

「咳と熱が長い間続いたせいよ。」彼女は今日、入院することになったと私に告げに来たのだ。「そこに治るまでいなくてはならないから、多分私はしばらくあなたに会いに来れないと思う。」

「それなら、私があなたに会いに行くわ、マリー。」彼女が十分な治療を受けられることは良いことだ。彼女にも良くわかっていることだろう。

暗い霧の月日が訪れ、やがて厳しい冬が来た。私がマリーを訪れると、やせ細った彼女はある種の沈鬱な雰囲気に包まれた、安逸な暖かい病室にいた。マリーはひどく咳をしていたが、それほどつらそうではなかった。熱が彼女を静かにむしばんでいた。

彼女は自分の死が近いことを悟っているのだろうか？　彼女からそんなことは何も聞いてはいな

かった。私もまた知らなかった。大人になる前に、彼女の命に終わりが来るということを。

小さなクリスマスプレゼントにマリーは子供らしく喜び、私は少しうれしくなった。

「あなたに百合の花を持って来ようと思ったんだけど、マリー、まだ時期がずいぶん早いのよ。」

「私はそんなに長くはもたないわ。」

「あなたはもうすぐ死んでしまうの。あなたは気付いてる?」

「ええ、おそらくね。」彼女は言った。「地上のことは何も悲しくない。天国へ行くことだけが私の喜び。ただそれだけを待ち望んでる。でも、」ここで彼女は一瞬ためらった、「まだあと少しの間だけは、死にたくない。」

「どうして?」

彼女はまたためらったが、言った。「今まで誰にも言ったことがなくて、うまく説明できるかわからないけど、もしあなたがどうしても知りたいって言うのなら、できるだけうまく話してみましょう。」

「ええ。」私はとても知りたかった。彼女の心の中で何が起きているのか。私は彼女がすでに知っていることのすべてを知りたいとマリーに言った。

マリーは私に語った。「婦長が百合をひねりつぶしたとき、私は心の中で思った。誰でもいいから、誰かが婦長を徹底的に懲らしめてくれりゃいいのにって。でもそんなことができる人はそこには誰もいなかった。彼女が怒ってる間、子供たちはみな怖がってて、院長は知らんぷりしてた。婦長はみんなより偉くて、誰も彼女を懲らしめられないんだ、でも、神様ならできる、そう思った。それからずっと私は朝から晩まで、婦長を懲らしめてくださいって神様に願った。

私はあるとき、死んで天国へ行く夢を見た。私はいつも考えてた通りのことをした。広い空を横切って、明るい日差しの中で輝く白百合の花園を見付けて、息を切らしてそばに駆け寄った。そうしたら突然剣を持った天使が現れて、大きくて灰色の雲で百合の花園と太陽を覆い隠して、何もかも灰色にしちゃった。私は何も見えなくなった。私はじっと立ったまま、その天使が雲をどかしてくれるのを待った。ところが彼は私をにらみ付けて言った。『ダメだダメだ、おまえを通さぬためにここに雲を起こしているのだからな。』私は恐れおののいた。さらに彼は言った、『神がおまえの前を雲で覆うように命じたのは、おまえがいつも神に誰かを苦しめ懲らしめるように望んだからだ。そのむくいで、おまえは苦しみを受け、百合を二度と見ることができないのだ。』私は天使に、神様のところへ行って、私が二度と、婦長やその他の人たちに腹を立てることはないと言って欲しいとお願いした。でも天使は言った。『遅すぎる。もはや取り返しはつかない。』そして私は大きな雲の前に立ち尽くした。ああ、どんなに恐ろしかったか。私はこれから永遠に、灰色の天国にいて、決して百合を見ることができない。私は泣き始めて、そして目が覚めた。私があんまりにも泣いたせいで枕は涙でぐっしょり濡れていた。目がすっかり覚めて、気を取り直して考えてみた、もし私が今死ななきゃならないんなら、死んだ後に夢に見たのとまったくおんなじ目に遭うんじゃないか。」

彼女が口をとざしてしまったので私はたずねた。「それであなたは、まだもう少し生きていたい、何かやり残したことがあるって思うの？」

「ええ。」彼女は続けた。「あの朝私は〈私たちの父〉の祈祷に呼ばれて出かけた。『私たちに借りのある者を許すように、私たちの借りも許してください。』私はその言葉をいつもと全然違う気持ちで、神様に聞いてもらえるように、二度も三度も唱えた。まだ許される時間があるのならば。私は神様に約束した。私は二度と婦長を根に持つことはない、怒ることもありません、と。」

「そしてあなたはその約束を確かに守ったの？」

「私は真剣に守ったわ。私は婦長に昔望んだことを二度と考えようとしなかった。その代わりときどき、『私たちが私たちに借りのある者を許すように』という言葉を唱えた。私は気付いた、婦長に対して抱いてた考えが正しくなかったってことを。神様が私に対してなさっていることを恐れた。私はその恐れから逃れるすべを知らなかった。でもある朝、私は自分の祈祷書に書いてある詩を見付けたの。

私が成し遂げられなかったことを、
あなたは私のためにやってくださいました。
不安や心配があるときは、
あなたのもとへ飛んで行きます、主イエス・キリスト。

知ってたけれども、これまでよく理解できなかったことが、すっかり私にはわかった。わかってみればそれはとても簡単なことだった。私たちの救い主は、悪から逃れられない人たちをいつでも救おうと思ってると。私も彼のそばにいよう、そして、古い考えに囚われそうになったときにはいつでもこの言葉を思い出そう。

私が成し遂げられなかったことを、
あなたは私のためにやってくださいました。
私に不安や心配があるときは、
私はあなたのもとへ飛んで行きます、主イエス・キリスト。

その言葉が私にとって救いになった。」マリーは楽しそうに言った。「古い考えは捨て去った。もはや心配なことはない。私は必ず、美しい天国へ行って、この上なく幸せになる。」

　暖かな山おろしの風が吹き、庭の雪が融け出した頃、晴れた午後に私はまた何度も通った道をたどって、マリーと一緒に春の訪れを喜ぼうとやって来た。

　私は病室には通されずに、隣の小さな部屋に導かれた。そこでマリーは白いベッドの上で、手を固く組み合わせて寝ていた。なんとやすらかに寝ていることか。静かな顔の上には来世の平安がうかがえる。その永眠した子供の上に私の熱い涙が落ちた。彼女の短い地上の日々は過ぎ去った。今彼女は、どんな天使も立ち入ることのできない、明るい百合の花園に立っている。

故郷で、そして異国で

DAHEIM UND FREMDE

古びた牧師の家は六月のバラの花がみごとに咲き誇り、庭中に甘い香りが満ちていた。早咲きのライラックはすでに散り、緑の美しい葉だけが生い茂って、夕暮れのそよ風に吹かれて、さらさらと鳴っていた。その茂みの下のベンチには一人の威厳のある牧師が、黒いビロードの帽子をかぶり、長いパイプでたばこを吹かしながら、ゆったりとくつろいで座っていた。彼のそばにはいつも、小柄でほっそりとした妻が座っていて、白いずきんの下から垂らした、すでに灰色になった巻き毛が、上品で賢そうな額を飾っていた。大きく成長した娘のマルタから、母はエンドウ豆を詰めたかごを受け取ると、柔らかい手で豆のさやをむき始めた。そしてマルタは畑に残した豆を摘みに戻って行った。近くの教会で週の終わりを告げる祈りの鐘が鳴り始めると、日々の仕事に勤めていた人々はみな、やっとその労苦から解き放たれた。鐘の響きは高く、また低く波打って聞こえて来た。牧師はパイプを置き、手を組み合わせて、独特の、子供のような純真な心をこめて言った。

今週の務めは果たした
今日の仕事はなし終えた
苦しみと痛みを忘れ
安息日の朝を迎えよう
我が心よ、安らかに憩おう

マルタは畑から戻り、母もまた組み合わせた手を膝の上に置いた。三人はみな、だんだんに鳴りやんでいく鐘の音に静かに耳をすませた。

バラの垣根の上に夕日が輝き、かすかに風が、木々や、野原や森を吹いていた。

夜更けに父と母と娘は牧師の家の部屋の中の、ランプのそばに座っていた。テーブルの近くの小さなベンチには小間使いの娘ロジーネが座っていた。明るい目の色をした、まじめくさった彼女の顔付きは、いつもとてもとぼけて見えた。

父はテーブルの上に大きな聖書を置いて、大きな声で日々の終わりの祈りを唱えた。この日の章には次の言葉があった。

主が囚われたシオンを解放したとき、我らは夢みる者のようであった。
我らの口は笑いで満ち、我らの舌は賞賛の声で満ちた。
諸国の民は荒れ野で噂した、「主は彼らのために大いなる事をなした」と。
主は我らのために大いなる事をなされたので、我らは喜んだ。
主よ、雨がネゲブ砂漠の涸れ川をたちまちにあふれさすように、
囚われ人となった我らを解放してください。

涙をもって種蒔く者は、喜びをもって収穫するだろう。
哭きながら高貴なる種を携えて出た者は、笑いながら収穫の束を携えて帰るだろう。

そして父は、また母も続いて立ち上がり、寝床へ向かった。土曜はいつも、ほかの日よりも早く寝る。みな、牧師に従って日曜の朝の礼拝を執り行うために、時間通りに支度しなくてはならないからだ。ロジーネもまた日曜日には牧師の手伝いで、必ず教会に行かねばならない。マルタは母と廊下で別れると、階段を下りて庭に出た。明るく星の多い夜だった。彼女は庭の門を開けて牧場に沿った細い小道を通って、大きなシラカバの木が立っている斜面に来た。彼女はよくそこに座って、風に吹かれてなびく木枝のさざめきを聞いた。木は空高く伸びていたが、その先端の細い枝は、地面に向かっておじぎするように揺れていた。木の下の幅の狭い草地は急な坂に続いていて、その下は森に囲まれた深い谷で、谷底には一筋の清らかな川が、つぶやくような音を立てて流れていた。

マルタは斜面の草地に座った。辺りは静かで、かすかな夜風がシラカバの枝をならしていた。この地方の人たちは太陽が昇ると働き、沈むと休む。彼女は、そのため、こんな夜更けに誰か他の人と不意に出会うことはないということを良く知っていた。彼女は星夜を眺めて思いにふけった。ブナの森の上にかかった三日月が南の空のごつごつととがった岩山に光をなげかけていた。深い谷の底を車が走っていた。マルタはその、外の世界から聞こえて来るような、峡谷にこだまする車輪の音を聞いていた。

「外の世界！」彼女は心の中で、空想をふくらませた。「この静かで、いつも変わり映えしない暮らしの外には、すごいことを考えている、すごい人たちがいる、すごい世界があるんじゃないかしら。」

マルタは気の強い性格だった。素早い理解力は思慮深い父親ゆずりで、断固たる行動力は母から受け継いだ。彼女の黒いまつげの下の、深い灰色の瞳は、やぶの中で暗く燃える山リンドウのように激しい、彼女の情熱的で依怙地な内面をそのままに映していた。

マルタは本をたくさん読んだ。彼女の知識欲は手に入る本だけでは満たされなくなっていった。彼女の欲求は日に日に募り、外の世界にあふれかえっている知的宝庫に対する願望がいよいよ強まった。美しいが退屈きわまりない場所で刺激のない人生を送るのは耐えられなかった。

近付いて来る足音で、マルタは深い思索から我に返った。母が歩み寄って来たのだった。

「あなたが帰って来る音が聞こえないから、まだこの芝生に座っているんだと思ったわ。」彼女は優しげに言った。「さあ来なさい。もう寝る時間よ。」

「お母さん。少し相談に乗って欲しいことがあるの。ちょっとだけここに座ってくれない？」マルタが頼むと母は座った。

しばらく沈黙が続き、近くの庭からバラの甘いほのかな香りが風に乗ってただよって来た。暗い森の上に三日月が輝いていた。

「母さん、」マルタはやっとはっきりとした声で言った、「私はもうすっかり大人になったわ。私はあの人について行きたいの。」

長い間母は返事をしなかったが、ついに痛々しく取り乱した声で答えた。

「マルタ。彼はダメよ。あなたはあの人のことをほとんど何も知らない。何を知らないのかさえ、あなたにはわからないのよ。」

「私にとって彼は、大事な人よ。」マルタはきっぱりと答えた。「こないだ近くの町を訪れたとき、私は気付いた。私には何が必要かって。知的な豊かさ、ここではそれがどうしても手に入らないのよ。自分で何がしたいかわからないほど、もう私はそんなに子供じゃないわ、母さん。私はもう決心したの。そしてお父さんを説得するのを手伝って欲しい。」

とても不安げな顔付きで母は立ち上がり、娘の手を取って家の庭へ戻った。彼女はふとバラの生け垣の側に立ち止まった。今まで何度こんなふうにして、やさしげにまたたく六月の夜空の星の下で、子供と一緒にここでこの甘い香りを嗅いだことか。

「ああ、マルタ、」母は心を乱されて言った、「あなたが、あなた自身の道ではなく、神の道を歩みたいというのであれば、私はあなたの好きなようにさせてあげる！」

母と娘は家に入り、黙って別れた。二人とも話したいことはまだたくさんあった。

両親と娘の間には親密な関係があった。マルタは心の底から両親を慕っていた。しかし、ここ数年、敬虔な両親と自分の考え方を共有することは、むやみに親を驚かせるばかりだと思うようになった。マルタは自分一人で自分の道を行くようになった。人それぞれが抱いている疑問に対して、神様はそれぞれの答えを用意してあるはずだと、彼女は考えるようになった。父母はマルタの人生にふさわしい、彼女に必要な、元気の素ともなり精神の糧ともなる言葉を古い聖書などの書物の中に見出だした。それらはどれも似たような言葉のようにマルタには思われた。それらの宗教的な文句は、彼女自身が好む、詩人や賢者から生まれ出て、彼女の視野を広げ、彼女の考えを明解にし、彼女の本質を確立してくれる言葉に反していた。すでに自分なりに理論武装し、自分の力に自信を持ちつつあった彼女は、一人で人生の問題に立ち向かっていけると思った。彼女は賢者や詩人たちの思想に、両親たちが大切だと考えている書物からは決して得られない昂揚を感じた。自力で勝ち取らなくてはならないものを神様からいただこうなんて、そんな他力本願なことほどみっともないことはないように思えた。

マルタは去年の冬、ある女友達のもとで何度か過ごした。そこでマルタは一人の男と出会い、彼女はその男に対する好意を自覚した。その男は世間に名が知られており、マルタの友達は彼の家族らから、彼の所有する多くの資産について知らされていた。

彼は当時一人で遠く離れた自分の地所に住んでいたが、マルタにとってそこは多くの点で魅力的なところだった。最近マルタは彼に求婚された。マルタは彼の静かなマナーに好ましい印象を受けた。両親はどうにか彼女を思い留まらせようと諭したが、マルタはそのすべてに反論して言い負かした。彼女は両親の考えから完全に離れて行った。マルタは自らが思い描く道へと歩き出した。

秋がブナの森を色鮮やかに染め、ライラックの茂みを落葉させ、生け垣のバラの花を残り少なくする頃に、牧師の家に荷物を詰めた旅客車が止まった。そしてビロードの帽子をかぶった父が家の門から娘の手を取って出て来た。父の朗らかな顔には深い影が落ちていた。母も目に涙を浮かべながら後をついて来た。長いオーバーコートを羽織り、襟首までボタンを止めた、少し年配の紳士が立っていた。彼は背の高いマルタに比べて、小柄な男だった。彼がマルタの夫だった。

父は娘を抱えて車に乗せてやった。父の頬の上を熱い涙がつたった。母はずっと前に泣き止んで静かだった。ボタンを首まで止めた紳士はマルタの横に乗った。彼らは挨拶を交わし、手を振って別れた。車は角を曲がって父母の視界から消え去った。

広々とした平原に、大きな門構えの、古い灰色の家が建っていた。それは「城」と呼ばれていた。その家の庭が余りにも荒れ放題なので、ロジーネはびっくりして立ち尽くした。

マルタの両親は、娘が遠い土地でも困らぬように、忠実な小間使いのロジーネをマルタに付けたのである。

灰色の城の中にはロジーネが到着するより前から、フェリックスという老人が住んでいて、長い間下男として働いていた。ロジーネは、彼が庭の反対側の端にいて、庭の柵がまっすぐ立つように、地面に杭を打ち込んでいるのを見て、庭の向こうへ叫んだ。

「ご主人はいつ到着するの、フェリックス?」

「今日だ。」

「今日?」ロジーネはじりじりしながら言い返した、「そんなことはあたしもとっくに承知してるわ、あたしが知りたいのはさ、今日のいつ頃かってことよ。」

「知らん、」と老人は短く答えた。ロジーネは広い野原が尽きる先にある松の木を見た。その左手には緑の沼があり、その先にもずっとハシバミやトウヒのまばらな林が広がっているようだった。

「フェリックス、」ロジーネはしばらく観察してから叫んだ、「ここらにもっと景色の良いところはないの。」しかし返事はなかった。

「あたしが住んでたところとはずいぶんとようすが違うわ。ねえ、どっちの方角に山があるの?」やはり返事がない。

ロジーネはしゃがみこんで地面の草をいくらかむしった。それからまた顔を上げて、新しい考えにふけった。

「ところで、教会はどこにあるの?」ロジーネはあたりを見回しながら言った、「広くて何にも見えないわ。あなた聞いているの、フェリックス？　あなたはどこの教会に行くの？」

「行かない。」

「へえ、じゃ、あなたが行かないんなら、ご主人はどこの教会に行くの？」

「行かない。」

「そう、ここにはキリスト教徒は一人も住んでないってわけね？　でもあたしたちもそうだって思わないで欲しいわ。あたしと奥様はどこの教会に行けば良いかしら。聞いているの？　ここには教会はないの？　それとも、教会がどこにあるか全然知らないの？」

するとフェリックスは何も言わずにトウヒの林のほうに手を伸ばした。ロジーネはその方角を眺めた。なるほど、木立の向こうに、低くて幅のある、赤い教会の塔が見える。故郷の教会のように、とがってもいないし、細くもない。さらにその先の明るい地平線には町の高い塔が見えた。ロジーネはフェリックスとさらに不毛な意思疎通の努力をしてみた。しかしその老人はくい打ちを寡黙に続けるだけだった。その晩、旅行の車が灰色の城にやって来て、マルタは新しい家に足を踏み入れた。

冬が過ぎ去り、野原に緑が芽生え、トウヒの林ではカッコーが目覚め、灰色の家の近くまで飛んで来て鳴いた。マルタは塔の窓を開いて、その素晴らしい声を聞いた。

彼女はシラカバの木の下に出て、水かさを増した小川の流れの音に耳をすませた。目の前の川岸をのぞきこむとそこには忘れな草が花盛りで、遠くの浅緑色のブナの森や、さらにその向こうには、朝の日光に白く輝く残雪の平原が見えた。

ああ、ここはどこよりも美しい。

遠くに町の塔が高くそびえている。

知的な好奇心を満たしてくれる都市の生活にマルタはどれほどあこがれたことだろう。彼女は何度か夫に連れられて、朗読会や劇場などの、町の社交場に出かけた。しかし彼女の欲求は満たされるどころか、若い頃に彼女が抱いていた燃えたぎる情熱は冷えてしまった。そう、確かに彼女の母は正しかった。自分がもともと何を知らなかったのかさえ思い出すことができない。彼女は世間知らずだった。彼女はこれまで、町の中で大金持ちになろうとあくせくしている人にも、またこの味気ない世の中の生活に倦み、身も心も枯れ果てている人と出会ったこともなかった。

マルタは子供の頃から気高い空気と人生の喜びの中で育った。周囲の誰もがそれが当たり前だと思っていた。

彼女自身が生まれ育った家庭の空気とはまったく違う別の空気があるということを、今初めて彼女は知った。彼女の心を魅惑したもの、彼女自身が必要とし、彼女自身がなりたいと思ったもの。彼女はこの自分自身の道を選び、黙ってその道を行こうと思った。誰にも、特に彼女の老いた両親に迷惑をかけるつもりはなかったのだが。

トウヒの林を越えて、遠くの教会の鐘の音が響いて来ると、彼女は憂鬱な気分になった。その鐘の音は、信心深く教会に通う、威厳のある父の姿を、そしていつも父のそばにいる母の姿を彼女に思い起こさせた。彼女にはその音が、父母が自分に手招きしているように思われたが、彼女が故郷に帰ることなどできない相談だった。

両親がマルタに送った、今も変わらぬ愛情を込めた手紙を読んで、マルタの心に「ホームシック」のようなものが忍び込み、心の中を満たした。父と母も、マルタの返信の中に、彼女が寂しがっていることを読み取ったが、マルタ自身はそのことにまだ気付いていなかった。

マルタが春の朝に窓から外を眺めていると、ロジーネが庭の柵のそばに立っていた。若いエンドウが柵に蔓をうまく絡み付かせられるように、年寄りのフェリックスが杭を打つのを見ようと、ロジーネは待ちかまえていた。フェリックスは荷物を背負って近付いて来て、黙々と緑の蔓の中に綱を張り巡らした。

ロジーネは彼女の女主人が窓辺で眺めているのを見て、何を憂えているのか直感的に察知した。ロジーネは涙をぬぐい、老人に歩み寄って興奮した声で言った、「フェリックス、あたしは、ご主人が罰せられて、自分の塔の穴の中で六千年の間、一日中閉じ込められりゃ良い、そして奥様とお別れになり、奥様を昔通りに戻す責任があるって思うわ。そしてご主人はいつも罪にさいなまれてりゃ良い。」

「小娘、」フェリックスは自分の仕事を中断し、ロジーネのほうを見て、はっきりとした口調で言った。「おまえは余計なことを言った。ご主人は罪など犯してない。」

一瞬ロジーネは言葉もなく驚いた。彼女はフェリックスから二語より多い返事を初めて聞いたからだ。冬の間中毎日、彼女は老人と差し向かいで座って独り言を言いながら食事を摂り、質問には決して答えてもらえなかった。今、フェリックスははっきりとした言葉を話した。

「あら、今彼は何か言ったわ、」彼女は驚きがおさまると我に返った、「ご主人は来る日も来る日も部屋に閉じこもって座っていらっしゃる。どこかお体が悪いのかしら。それとも、ずっと寝ているのかしら。ご主人はなんでも自分の考えの通りになさってあたしたちの誰にも手出しをお許しにならないし、何にもあたしたちに委ねようとしない。」

「確かにご主人にはどこかおかしな、欠けたところがある、」フェリックスは付け加えた。

「ええ、そうね、そうかもしれない、」ロジーネはすばやく答えた、「彼のどこが足りないのかしら。」マルタの夫に格別に欠けたところがあると言われて、ロジーネは少し驚いた。また、フェリックスからそんな話が聞けるなんて、まるきり考えてみたこともなかった。

「話して、フェリックス。彼には特に何が欠けてるの？」

「おまえはもう二度と余計なことを言うんじゃない。ワシの言うことがわかったか？」老人は逆に聞き返した。

「いや、全然、」ロジーネはきっぱり言った。

「だからワシは、ご主人様にもよろしくないところがある、そう言いたいのじゃ、」とフェリックスは自分のひたいを指で指しながら言った。

「ええ、だとすると、ますます困ったことだわ、」ロジーネはフェリックスに同意し、さらに続けた、「ご主人は奥様にも話をさせてあげないのに違いない。もし彼が奥様の話を聞く気さえあれば、もっと話は違っていたかもしれない。おつむが悪くて、理解する気がないのよ、何が頭の中に詰まってるのかしら。」

老人は自分の仕事を終え、他人のごたくには聞く耳持たぬとばかりに、ロジーネが話している途中で去ってしまった。

野原に再び緑が萌え出でて、カッコーが鳴き始める頃、マルタは窓辺に座って、赤みがかった金髪の赤ん坊を腕に抱えていた。その子は大きな青い目でマルタを見て、うれしそうに笑い声をあげ、母の心も同じように楽しくさせた。彼女の腕の中に一つの新しい命があった。彼女がこれまで求め焦がれて得られなかった人生の目的が、今別の新しい魅力をそなえて彼女の目の前によみがえった。息子には前途洋々たる未来が待っている。息子によってマルタの望みはすべて達せられるように感じられた。

この早熟な、天賦の才能を備えた子供が、将来どんなに素晴らしい大人に成長するか。マルタは彼に大きな期待を寄せた。

息子のヴィリーは、どんどんめざましく、愛らしく成長した。ヴィリーはすぐに家の住人らの名前を呼ぶようになり、その一人一人が彼にどういう関わりがあるかをはっきりと認識した。

母は彼に尽きることの無い愛情を注いだ。すぐに彼女はその賢い息子と多くの感動的な会話を交わすようになった。彼女には息子の心の動きや考えが良くわかっていた。

夕暮れ時、母が塔の窓辺に静かに座っていると、小さな息子はいつも決まって彼女の膝の上に登って来た。母は、息子の祖父の家のすべての木々や香り高い花々について話して聞かせた。そして明るく澄んだ月がトウヒの林の上に昇ると、いつも子供は聞きたがった。母が昔生まれ故郷で、こんなふうに夕暮れが迫り、外のシラカバの木の下に座って、夜風が甘いバラの香りを運んで来たときに、月がどんなふうにブナの森の上に輝いていたか、ということを。母がその話を物語ると、息子のヴィリーはとても興味津々として、大きな青い目を輝かすのだった。

「じゃあ、僕が大きくなったら、その大きなシラカバの木の下に一軒のきれいな家をお母さんのために建ててあげる。そのシラカバの枝はいつも家の上で揺れているんだ。そして僕はその家の周りをぐるりと取り囲んで赤いバラの生け垣を作ってあげる。いつも花が咲いていて、窓から僕たちがいる部屋の中までその香りが入って来るんだ。お母さんと、僕と、パイプを吹かしたおじいさんと、それからおばあさんがいる部屋へ。そしてお母さんはいつも楽しく愉快で、決して悲しんだりしない。」そしてヴィリーはお母さんに甘えて、彼女がもう決して悲しまないと言うまで、彼女の頬をなでた。

部屋の中に籠もりっきりの父親は、一日のうちの特別な時間だけ、息子を自分の部屋に入れた。父は息子に部屋の中のものは何もいじらせなかった。

ヴィリーが現れて以来、長い間ロジーネを苦しめていたホームシックは、ヴィリーの尽きることのない明るさのおかげで、だんだんに消え失せてしまった。ロジーネはヴィリーの半分は自分のものので、残り半分が母マルタのものだと見なしていた。ヴィリーもまた陽気なロジーネに特別な愛情を感じていた。このかわいらしい子供に暖かな愛情を抱かない者が、その心をとらえられない者がいるだろうか。

フェリックス老人はいつも勝手気ままにあちこちをうろついた。彼がヴィリーの金髪の巻き毛頭を見ると、立ち止まって手を差し伸べた。するとヴィリーは走り寄って、小さな手をフェリックスの手に置いて、麦畑の中のヒバリの巣のありかをたずねるのだ。そうするといつもフェリックス老人は子供のために時間を割いてやった。

彼らは手に手を取ってゆっくりと歩いた。老人の衰えた足には、子供の小走りがちょうど釣り合った。そしてフェリックスは、あたりの畑の中や梨の木の上にさえずる鳥たちの巣の場所をいちいちヴィリーに教えてやった。

無口な老人はそうやって子供に教えるということを初めて学んだ。暖かな、強い日差しが石の家を照らしていた。

四月の太陽がすでに野を暖め、芽吹きを誘っていた。だが時折り荒涼とした雪風が吹き、湿って冷たい霧が外に立ちこめて、大きな灰色の雲がトウヒの林の上を覆った。

マルタはいつものように黄昏時に窓辺に座って曇った夕空を眺めていた。そのとき彼女は息子が大きな荷物をしょって息を切らしながらこちらにやって来る物音を聞いた。彼は自分の荷物を窓の踏み台に置いて、深く息を付いた。

「なんだかずいぶん大仕事のようね、ヴィリー?」

「僕はおじいさんのようになるんだ。」少年は真剣に答えた。

「本が要るんだ、」ヴィリーは床に下ろした荷物を指さして言った。

マルタはその本が、息子にはなかなか手の届かないところにしまったきりになっていた、大きな聖書だということに初めて気が付いた。マルタの父が娘に持たせたものだった。「いつかその本が役に立つときが来るだろう、」父はマルタにそう言っていた。彼女はこれまで一度もその本を開いたことがなかった。ヴィリーがその本を取り出すにはとても苦労したはずだ。

「この本について、あなたは何を知ってるの?」

「ロジーネが言った、」とヴィリーは話し始めた。「おじいさんはその大きな聖書からいろんな言葉を読んで聞かせた。テーブルの上の自分の前に開いて、それから教会で説教した。僕にもできるよ。ロジーネが言ってた、それはおじいさんが使ってたのと同じ聖書だって。今度は僕がママに説教してあげる。」

母は我が子を抱き上げて、ひたいの上の柔らかな巻き毛をかきあげた。たったあれくらいの運動でこんなにひたいが熱くなるのかしら？　昨日と同じように、子供は激しく咳き込んだ。

マルタは子供をベッドに寝かせた。「ああ、ママ、僕は説教がしたいのに、」ヴィリーはせがんだ。しかし母はそのまま寝かし付けた。「あなたはまずゆっくりと休まなきゃ。明日元気になってから説教すれば良いでしょ。」

ヴィリーはしぶしぶ彼の人生最初の説教を諦めた。彼は従順な子供だった。母は約束した、聖書は彼が持ち出した場所にそのまま置いておくと。明日起きたときにすぐに見付けて説教を始められるように。

夜更けにヴィリーの熱はひどくなった。夜が明けたあとも、枕にのせた子供のひたいは熱く、脈拍は非常に早かった。呼ばれて来た医者は多くを話さなかった。マルタが「肺炎」ですかと聞くと、医者は明言を避け、一時的な症状であろうと言った。

子供は熱で一日中寝ていた。夕方にかけて容態はさらに悪くなったようにマルタには思えた。彼女はいっときたりとも子供のそばを離れなかった。夜になるとヴィリーはうわごとを言うようになった。彼はシラカバの枝の音を聞いて外に出たいと言った。それから彼はせわしなく手を動かして、生け垣からきれいなバラを取って来ようとした。

言いようのない不安がマルタを襲った。初めて、彼女の子供が死にかけているのではないかという考えが浮かんだ。彼女は跪いて大声で叫んだ。

「いやです、天国の神様。私の子供を取り上げてはいけません！」

ヴィリーはびっくりして飛び上がり、ベッドの上に体を起こした。夜のランプが熱で赤い顔を照らした。

マルタは我に返った。彼女は力をふりしぼってベッドのそばに立ち、子供の手を握った。

「かわいいヴィリー、驚いたかしら。」彼女は小さな声で聞いた。

「ええ。あなたはとても大きな声で祈りましたね。ママ、寝る前のお祈りを忘れちゃいけないね。」

ヴィリーは手を組み合わせた。

「あなた自分でお祈りできる、それとも私がやってあげようか？」母はたずねた。「自分でやる、」

そしてヴィリーは祈った。

　僕は眠いので、もう休みます、
　小さな両目を閉じて。

父さん、僕が眠るまで、
見ていてください。

神様、今日僕がしたいたずらを、
どうか見逃してください。
あなたの愛とイエスの血は、
すべての罪をあがないます。

そして子供は枕に頭を載せて眠りについた。熱が彼を苦しめた。マルタ自身がこの祈りの言葉を子供に教えたのだが、どういうわけか、その言葉が今彼女にとって何かまったく新しいことのように心をとらえた。

あなたの愛とイエスの血は
すべての罪をあがないます

何度もなんども、その声が心の中に響いた。

その夜、心の痛みが彼女の目を覆って息子を見えなくしてしまい、胸を焦がす炎が燃えさかった。彼女は今や、大きな苦難の中にあって、主に救いを求めずにはおれなかった。これまで抱いていたすべての疑いがぬぐい去られて、主が唯一の救いであると心が定まった。救い主から明るい一筋の光が差し、彼女の心の奥底を貫いたことに驚き立ちすくんだ心地がした。彼女はずっと主の手から離れていた。かつて父が彼女に説いた、倒れた者を立ち直らせる主の手から。今、彼女自身がその正しい道を見付け、その道をたどろうとしていた。彼女は今までどんな道を歩んで来たか。彼女は誠実な両親に、そして彼女が従うべき夫に対して真心を尽くしただろうか。自分の息子を神に委ねるのか、それともその手から息子を返してもらいたいのか。彼女はいつも、真実の光が照らしていた自分の欠点から目を背けようとした。その光から逃げることは彼女にはもうできないし、もはや逃れようとも思わない。彼女は今一度、不安と大きな苦悩に駆られて、息子のベッドのそばで跪き、大声で神を呼んだ。議論を挑もうというのではない。深い苦難からの助けを叫んだ。哀れみと慰めを求めて。

マルタは跪いたまま夜明けを迎えた。彼女の気力は萎え、彼女の心は故郷に舞い戻っていた。彼女は迷い、ずっと長い間、ずっといろんなことに迷っていた。だからもう故郷に帰ることなどできはしないと思った。彼女は静かに、朝日に照らされ、血の気の失せた顔色の子供の横に座った。熱は治まっていた。彼は弱々しく静かに枕に頭を横たえていた。母は彼の小さな手を握った。彼はまるですっかり病気が治ったかのように安らかに横たわっていた。そのきれいな青い目は、母がまだそばにいるかどうかを確かめるように、ときどき彼女を見上げた。ロジーネがときどき部屋に入って来ようとする音が静けさをやぶったが、マルタはかすかに目で制した。かわいそうなロジーネは悲嘆にくれて、彼女の大好きな子供を見てすすり泣きを禁じえなかった。

日光が窓から明るく差し込み、春の朝、小鳥がさえずる声が外で聞こえた。「ママ、僕は起きて小鳥を見たい。」

マルタは子供の体を起こし、ベッドのそばに跪いて、彼を自分の腕でしっかりと支えた。彼は透き通るように青ざめていた。

「ママ、」彼はしばらくしてから言った、「僕はいつ死んで天国に行くの。ママも一緒に来てくれる?」

「ああ、おまえ、」そしてマルタは子供を心配させないように心の中で戦った。「いつも一緒にいてあげる。だけど誰がおまえが死ぬなんて言ったの?」

「ロジーネが言った。彼女の小さな弟が同じように病気になって死んで、天国に行ったって。そしたら僕と一緒に行ってくれる?」

「いいこと、ヴィリー、私たちは自分でいつ死のうとか、一緒に死のうと思うことはできない。ただ神様が私たちを呼ぶだけよ。」母は言った。

「なら、僕は神様に言いたい、僕が天国に行くときは、ママもすぐに呼んでねって。」

子供は母に弱々しく寄りかかり、言った。

「死ぬってどんな感じ、ママ？　何をしなきゃいけない？」

「かわいいヴィリー、」彼女はありったけの力を集めて答えた、「あなたは目を閉じて眠るだけ。そして私は、神様が天使を天国から遣わして、あなたをつかんで、天国に入るための死者の門に導き入れるまで、あなたの手をしっかり握っている。あなたもあの世で愉快な天使になるのよ。」

「ママ、天使が来るまで手を離さないでいて。」ヴィリーはかすかな声で言った、「そしてあなたが死んだらすぐに、僕が天使になって、神様に遣わされて、あなたの手を取って天国の門まで連れて来てあげる。」

母は子供の頭を自分の肩の上に載せると、彼は彼女にもたれかかって、ほとんど聞き取れない声で言った。

「ママ、僕は眠い。寝なきゃいけない。またお祈りして。」

「ええ、ヴィリー、ええ。またお祈りしてあげる。」

彼女は眠っている子供の上に顔を傾けた。彼は息をしていなかった。

マルタは崩れ落ちた。涙があふれ出た。彼女はすべてを主に委ね、叫んだ。「主よ、彼をあなたの天の国に連れて行ってください。そうすれば彼はもう二度と地上の苦しみを味わわなくて済むでしょう。」すでに夕日が窓から差し込んでいたが、マルタは未だにベッドの脇で跪いていた。彼女はヴィリーを腕から離すことができなかった。まだその子と一緒にいようと、その冷たくなった小さな手をしっかりとつかんだ。しかし、もうどうしようもなかった。彼女は主が彼を見付けてくれるように、彼の小さな手を組ませた。

トウヒの林の奥の教会のそばに、ヴィリーは葬られた。白いバラの献花があっという間に小さな墓を覆った。同じ日にマルタは熱い涙を流しながら、深い心の憂鬱を、老いた父へ手紙に書いて送った。

「父さん、私は主とあなたに罪を犯しました。そしてもはやあなたの子供と呼ばれる価値もありません。」

両親からマルタに届いた返事は、いつまでも忘れることのない愛情と、再び我が子の信頼を取り戻したことの喜びにあふれていた。これを読んで、マルタは手紙を書いたとき以上に涙が止まらなかった。

娘に対する変わらぬ愛情と思いやりをこめた父のかつての懇切な忠告を今マルタは素直に受け入れた。神が人の手を通じて彼女に負わせた重荷を、彼女は受け止めた。マルタは父の言葉を今こそ良く理解し、心に留めた。

息子が死んで、彼女の夫はますますかたくなになった。人の心を感動させるようなすべてのことに、彼は興味を失い、心が死んでしまったようだった。彼はただ、外の世界から堅固に守られた家の中に閉じこもって、外との接触を拒むことだけに熱心なように見えた。生活のすべての変化に対する拒絶反応が病的なまでに高まり、家の中でふだんと違うことが何か少しでもあると、彼には耐えられなくなった。マルタは彼との暮らしに堪え忍ばなくてはならないことを覚悟した。

彼の息子の死は、彼にとって一刻も早く過ぎ去ってしまって欲しい、人生上の余計な出来事だった。息子が生まれる前にすべてが戻ってしまわなくては、心の平安が得られないのだ。何かに我慢していると いう印象を持たれることから逃れたいように思われた。

マルタはもはや以前の彼女ではなかった。彼女の壊れた心の中には、しかし新しい命が生まれつつあった。彼女はヴィリーが持ち出して来た聖書を取り上げて、その本を開き、そこに彼女の父が良く唱えていた言葉を見出だした。

彼女の心は今、決して消えてしまうことのない、この世をはるかに超越した存在に向かっていた。

「私は、真実と命の道である、」そう言うことができる者の言葉を彼女は渇望していた。

大地が朝露を慕い求めるように、主からふりそそぐ命と真実の言葉が彼女を満たし、生き生きとよみがえらせた。古い聖書の教えが今彼女の最高の財産になった。それらの言葉がこれまで幾たび若い日の彼女の耳に届いては、聞き流されて来たか、彼女はもはや思い出すことはできなかった。彼女はその言葉を今何度も繰り返し読み返さなくてはならなかった。今それは深く美しく彼女の心に響いた。

父親が子に哀れむように、主は彼を恐れる者を哀れんでくれる。

なぜなら、彼は私たちが土から作られた存在であることを知っているから。

人間の一生は、地上に芽吹いて花を咲かせる草のようだ。

風が吹けば、それはもはやそこに姿も跡形もない。しかし主の寵愛は、彼を恐れる者の上に永遠に留まる。


ヴィリーの小さな墓の上に三回春が巡って来て、墓は緑の芝生に覆われた。そのすぐ隣に大きな墓が作られて、そこにヴィリーの父が葬られた。脳卒中が彼の命を突然終わらせたのだ。

今は、種を蒔く季節だった。ロジーネは良く手入れされた庭を驚きの目で眺めていた。彼女は目の前の青々とした苗床と、彼女がここへ初めて来たときの荒れ放題の藪を心の中で思い比べていた。フェリックス老人が庭にやって来た。ロジーネは庭をじっと見つめたまま立っていた。フェリックスはロジーネのほうにやって来て、何か仕事をするというわけでもなく無言で立っていた。ロジーネがここへやって来て以来、十年の間に、フェリックスがそんなふうにしているのを彼女は一度も見たことがなかった。老人は頭の上で前後に帽子をずらしていた。

「どうしてあなたはあたしたちと一緒に行かないの、フェリックス？」その老人が何かを言い出し兼ねているように思われたので、ロジーネから切り出した。「奥様はあたしたちみんなで行こうと言ってるのよ。あたしたちが行くところが、どんなにきれいなところか、あなたは知らないでしょう。」

「ワシはこの土地に残る。八十年間ここで暮らして来た。奥さんが来てからこの家は変わった。ワシは彼女に感謝したい。」老人は心を震わせながら言った。

「あなた、それを奥さんにあたしから伝えて欲しいの？」ロジーネは聞いた。

「ああ、そうしてもらえるとありがたい。」

「ええ、よろこんでそうするわ。そしてあたしはあなたついてちょっと考えたことがあるの、フェリックス。あなたはいつもことあるごとにあたしをつっけんどんにあしらったけれども、でもあなたは全然あたしを嫌ってなかったわよね。」

「ああ、あんたもそうだっただろう。」

そして彼らは軽く手を振って別れた。老人は背を向けて涙をぬぐわなくてはならなかった。そしてロジーネもまた。

ツバメが飛び交う教会の屋根を、穏やかに沈み行く六月の太陽の最後の輝きが照らしていた。マルタとロジーネが教会の角を曲がると、夕日の中に牧師の家が建っていた。彼らは教会の広場に入り、奥の庭へ続く門をくぐった。生け垣のバラの花が満開だった。マルタはそこから先へ進むことができなかった。彼女は膝を付いて、両手で顔を覆った。そこへ、老いた父が両手を広げて戸から出て来た。彼はマルタを抱きかかえて、胸に押し当てた。そしてその銀色の巻き毛の老人は晴れやかな表情で、故郷の家で娘を待ちかねていた母のもとへ連れて行った。

その晩、マルタと彼女の父母と、そしてロジーネも、歓迎の宴卓を囲んだ。ロジーネは彼女の女主人が外の生け垣に咲く六月のバラのように喜びほほえんでいるのを何度も眺めた。ロジーネもまたマルタにもまして、この場所に帰って来たかったのだ。

その夜が終わる頃、老人は喜びの表情を浮かべながら聖書を開き、彼の周りに座っている者たちは、声を合わせて、心を込めて次の言葉を述べた。

「我が魂よ、主を褒めよ。そのすべての恵みを心にとめよ。主はおまえのすべての不義を赦し、おまえのすべての病を癒やし、

また、だいなしになった人生を救済し、慈しみと憐れみを与え、おまえに日々の糧を与え、鷲のようにおまえを再び若返らせる。」

教会の緑の芝の下に三人はすでに眠っている。マルタは年老いた両親を葬送し、彼女もまた安らかに後を追った。高らかに感謝の言葉を述べながらこの世を去った。

石碑はなかったが、マルタを知る者は誰でも、彼女の墓からこんな言葉が鳴り響くのを聞くだろ

う。

泣きながら種を蒔いたものは喜びとともに刈り入れる。高貴な種を携えて泣きながら去ったものは、収穫の束を手に喜びながら帰って来る。

ロジーネは過ぎ去った日に学んだことから多くを語ることができる、逞しい女性になった。小さなヴィリーのことをロジーネは決して忘れない。

若い頃

Aus fuühen Tagen

こずえをかすかに揺らしている寂しげなモミの木の下のベンチに私たちは座っていた。そのモミの木は昔のように大きな音を立てて揺れているのではない。枝は痩せ細り、葉は枯れ始めている。その木には片側にだけ枝があって、反対側には枝が一本もなかった。その幹にはいろんな人の名前が彫り付けてある。その深く刻み込まれた切り口は、木の成長とともに古傷の跡のようになって残っていた。

「昔とはずいぶん木の見た目が変わってしまったわ、」私の隣に座っていた女性は言った。そう、かつてこの木が、隣の木と並んで、根を地面の下に深く張って、元気に育っていた頃とは。白い雲が大空を渡り、山の間をすり抜けて風が吹いて来ると、生い茂った二本の木の枝がともにざわざわと音を立てたものだ。

彼女の言葉は、私がある友人に昔約束したことを思い出させた。しかしそれは私の意見に完全に同意するならば、という条件の下に約束したものだった。私は遠くに滞在している彼女にその条件を思い出させなくてはならない。彼女からはまだ確かな答えをもらっていない。以前、長い間待ちわびたすえに届いた手紙にはこう書かれていた。

「私がかつて経験したことが誰かの役に立つというのなら、ともかくもそのことをあなたに話さなくてはならないでしょう。ここイギリスの、ウェールズの丘には、遠い故郷からのたよりは何も届かない。」

その手紙の終わりはこう締めくくられていた。

「あなたの聖書に、あなたが期待したようなことは、私は何も見出だせなかった。だから私たちはまだ同じ見解に達してはいない。でも私はその本の中のある箇所に、尽きることのない、驚くべき人生の智恵を見付けた。

――クララ」

【二】

山の尾根からゆるやかに続くすそ野に、小さな教会を取り巻いて、一つの集落がある。牧師の家や、ひなびた民家が建ち並ぶ中に、ひときわ立派な、雌鳥の家と呼ばれる建物がある。庭には、けたたましい声で鳴く老いた雌鳥らが、子供らと一緒くたになって、井戸の周りで遊んでいる。母屋からすぐそばには、たくさんの雌牛が飼われている納屋があり、高いハシゴをのぼると、二階の屋根裏には香ばしい干し草がうずたかく積まれている。子供らにとって、そこはとても魅惑的な場所だった。だが子供らの一番のお気に入りは、雌鳥の家と納屋の間に作られた、「物置」と呼ばれる木造の建物で、その一階にはさまざまな農具が置かれている。本来この小屋は、使えなくなった荷車をしまっておく場所だったのだが、鋤や、草刈り鎌や、木のかごや、水くみ桶や、そのほかさまざまな名前もない物が、所狭しと積んであるのだった。さらに階段で二階へ上がると、そこには泥炭の塊や、麦藁や、カンナくずや、穀物などが山と積まれている。そこは子供らにとって、とても興味をそそる、謎めいた珍品の宝庫だった。床の下や壁の中からはいつもカリカリと何かが木を削る音がした。目に見えない何か恐ろしげなものがそこに存在していて、私たちにとってその部屋をますます魅惑的にした。もちろんそれは、あとでわかったことだが、ネズミのしわざだった。

いつも広く開け放たれている窓はちょっとした扉と同じくらいの大きさで、ガラスははめてなく、夜中には閂がかけられる。窓の外には薪がほとんど二階の窓の手すりの高さまで積んである。窓際にはとても美しい、深紅のカーネーションが並んでいる。その暖かい色と刺激の強い香りはいつも私の心をなごませた。夕日がカーネーションを照らすと、純粋なルビーのように、見たこともないほど赤く美しく輝いた。

カーネーションの花が秋の夕日を浴びて輝く頃に、雌鳥の家の娘マリーと一緒に、私は「物置」の二階の窓の手すりに座り、軒下にうずたかく積まれた薪を足場にして、辺りの景色を眺めた。マリーと私はとても仲良しだった。晴れた夕暮れに私たちはしょっちゅうその「物置」の二階にのぼって過ごし、雨の日には納屋の中を探検して回った。

雌鳥の家は頑丈でひっそりとしていて、古風な魅力のある建物だった。そこに住む人たちは裕福で、物静かだった。マリーの両親はほとんど口をきかなかったが、立派な人物だった。気品のある祖母は家の長老で、この家の中心人物で、誰からも敬われていた。家庭全体を祖母から醸しだされる敬虔さが包んでいた。

マリーと一緒に窓の手すりに腰掛けて楽しくくつろいでいるあいだにも、家の中や外で今何が起きているか、私は完璧に把握していた。今、部屋の中に夕日が差し込んで床を照らし、窓のそばのベンチには祖母が座っていて青い靴下を編んでいる。彼女の隣の広い窓辺の手すりはいつもきれいに磨かれていて、聖書と、歌の本と、そしてヨハン・アルント著『真のキリスト教』四巻が置かれている。マリーの母はその隣の台所で夕食を作っており、時折り戸のむこうからテーブルまで、まったく音を立てずに料理を運んで来る。マリーの父親は召使いや日雇い人夫らと畑や庭で働いている。それが毎日繰り返される、雌鳥の家の日常だった。

マリーはちょうど私と同じ年だった。私たちはいつも一緒にいた。遊ぶときも、学校に通うときも、ずっと人生の仲間だった。喜びも悲しみも分かち合って来た。私たちは十四歳までそんな田舎の子供時代を楽しんだ。

マリーは温和で、行儀の良い娘だった。彼女の母と祖母はマリーを礼儀正しくしつけた。彼女はいつもまじめでしっかりして見えた。額の周りのかわいらしいブロンドのちぢれ毛は、いつも丁寧にこめかみのあたりまでなでつけてあった。彼女の素朴で自然な気性と、彼女の落ち着いて、いつも思慮深いふるまいが私には好ましく思えた。心やさしく親しみやすいマリーは誰からも好かれていた。

愛らしい九月の夕暮れのことだった。マリーと私はいつものように物置の二階の窓辺に一言もしゃべらず座っていた。山の上の牧場から、放牧されている牛のベルの音が響き、牧草地や木々のこずえは秋の夕日の中で金色に輝いていた。牛のベルが静かに鳴る合間に、ときどき古い梨の木からどさりと実が落ちる音がした。残照を浴びる木の葉の間に金色の大きな梨の実が輝いていた。

「梨を拾いに行かない？」マリーは沈黙を破った。

私はすぐに同意し、二人で階段を下りた。私たちはあっという間にその柔らかな果物をかき集め、またもといたところに戻って来て、隣どうし座って食べ始めた。とてもかぐわしく、今まで食べたこともないような甘さだった。

「ちょっと聞いても良い？」しばらく言葉も交わさずに食べていたあとで、マリーは言った。「お願いがあるんだけど。」

「ええ、もちろん、」私は梨にかぶり付きながら、ためらいもなく言った。「早く言ってよ、何？」

「あなた知ってる、来年の春に新しい牧師さんが来るってことを。それで私たちはお迎えの歌を歌わなくちゃなんない。よその子供たちもみんな。私たちの年寄りの先生は、歌を教えることができないんで、私たちはみんな、日曜の午後、ラインの町まで、歌の学校に通わなきゃいけないの。昨日あなたがいないときに先生がそう告げたのよ。」マリーは何やらためらいながら続けた、「あなたは家で歌を習えるかもしれないけど、私はあなたにも来て欲しいの。私は、親しい人のいない学校に一人で行きたくないし、みんなとうまくやっていけるか、心配で。」

マリーは少し内気なところがあった。マリーの願いは私にとって少しだけ都合が悪かった。何年か前に一ヶ月ほどそのラインの町の先生に私は兄弟姉妹と「ただ主によって支配させよ」という歌の授業を受けたことがあった。それは少し気まずい記憶だった。一ヶ月もの長い期間、おんなじ歌をおんなじ調子で歌い続けては、歌を歌いたいという気持ちも消え失せてしまう。でも美しい秋の日曜日にラインまで散策するのは楽しそうだった。私は秋の終わりまでならば、という条件で約束した。マリーはそれで満足し、次の日曜日に私を誘いに来ると言った。

ちょうど、納屋から父や人夫らがどやどやと入って来る音が聞こえて来た。それはいつも、私とマリーが別れる合図だった。彼らの夕食が始まる時なのだ。

【二】

日曜日にマリーは私を呼びにやって来て、晴れた午後、一緒にラインの町の学校へ向かった。途中モミの木が植えられた林を抜ける。私は生まれて一度もここを通ったことがなかったが、その一番小高くなったところにベンチがあるということを聞いていた。私はそのベンチに座ってみたいと思っていた。

「ダメよダメダメダメ、今はダメよ、帰りにしましょう。じゃなきゃ私たちが着いた頃にはもうみんな歌い始めてるわ。」

それはそうだ。帰りに寄れば良い。別に急ぐ必要はなかった。歌の練習は予定通りに過ぎた。帰りには歌の学校の男の子や女の子たちが仲間に加わった。おしゃべりをしながら帰る途中、私が例の丘の上のベンチへ向かおうとすると、みなが私を連れ戻そうとした。「みんなで一緒に帰らなきゃ。途中でばらばらなっちゃだめだ。」私たちの隣にいたヨハネスが言った。彼はマリーと離れたくないようだった。

「君も一緒に行かないか、マルグリトリ、」縮れ毛のルディが、赤い頬の少女にたずねた。この二人はずっと絶え間なく笑いながらおしゃべりをしていた。マルグリトリはマリーと私を見た。するとそのとき、体格の良い、とがった鼻のリゼが進み出て ― ルディは彼女のことを偽善者リゼと呼んでいた ―、マルグリトリの腕をつかんで言った、

「ごらん、あの人たちは私たちと一緒に行きたくないのよ、さあ私と一緒に行きましょう。」

リゼはマルグリトリを連れて、水車小屋のある谷へ続く急な坂道を下りて行った。

ルディはリゼに言った、「待って。ちょっと君のことで考えがあるんだ。」リゼは戻って来て、私を横目で見て、言った。

「マリー。私はあなたに話があるの。」

リゼはマリーをわきに連れて行って耳打ちした。私はいつもリゼにこんな扱いをされるのに慣れ

ていた。リゼは上品だが、私はそうではない。リゼは学校に行ってもずっとすましっぱなしだが、私はいつもふざけてばかりだ。リゼはいつもことわざの本の格言をつっかえることなく、最初から最後まで、逆に最後から最初まで、続けて唱えることができる。でも私はできない。リゼはいつも私を正面から見ることはない。リゼがマリーにささやきかけている間に、私は勝手にベンチのある丘へ登って行った。そのてっぺんには二本の高いモミの木が立っていた。まっすぐな力強い二本の幹が寄り添って、枝と枝が互いに絡まり合っている。まるで森のように音を立て、絡まり合った枝の隙間のあちこちから青空の光がもれていた。私はベンチに腰掛けた。遠くには雪をかぶった山並みが見えた。谷へと続く白い道が丘の四方にのびている。村の教会から明るい祝祭の鐘の音が響いて来た。

気付かないうちにマリーが私のそばまで来ていた。私はすっかり自分の思いの中に浸っていたので、マリーにすぐに話しかけることができなかった。私が心の中で感じていることを彼女も言葉でなくて感じてくれたらいいのに、と私は思った。

私が何も言わないでいるのをマリーは不思議そうに眺めて言った、「あなた私のことを怒ってるの。私がリゼと話をしたから？」

そんなことはない、と否定したあとで、私はリゼが何をマリーの耳元にささやいたのかたずねた。

「私に今度、再洗礼派の集会に来て欲しい、って言ったの。彼女は毎週日曜の夜に、そこへ行くそうよ。」

「行っちゃだめよ、マリー。」

「どうして。」

「何がダメか、私もはっきりとは知らない。でもどうしてあなたがそこに行かなきゃいけないの。」

「そこでいろんな良い話が聞けて、みんな幸せな気持ちになって、美しい歌を歌ってお祈りをするんだって、リゼが言ってた。」

私はなんて忠告して良いかすぐに思い付かなかったが、ある考えが浮かんだ。「あなたのおばあさんも再洗礼派の集会には行かないけど、いつもお祈りはしてるじゃないの。」

「ええ、そうね。あなたの言う通り、」マリーはしばらく考えてから言った、「集会に行かなくても幸せにはなれるかも知れないけど、でも私はただ、集会には行かないよりも行ったほうが良いんじゃないかって思っただけ。」

マリーの歌の本には、羽が生えてバラの冠をした天使の世界が描かれていた。その下には上品な手書きの言葉が添えられていた。

天国のバラを取りたいのかい
そのトゲに気を付けなよ。

その絵はとても丁寧に描かれていた。

「誰からもらったの？」私はたずねた。

マリーは少し顔を赤らめて答えた。

「ヨハネスよ。」

「彼が自分で描いたの？」

「ええ。この詩はある古い本に載ってて、彼はそれがすごく気に入って、そしてこの絵を描いたの。」

「すてきね。ヨハネスは信心深いのかな。」

「ええ。ほかの子たちの誰よりもずっと。彼はとてもたくさんの格言や歌詞を暗記してて、こんなふうな綺麗な絵をたくさん描くよ。」

「でもねマリー、私はどちらかといえば、気さくなルディのほうが好みよ。彼は元気で、正直な人。」

「ええ、でもヨハネスは決して、他の男の子みたいに乱暴じゃないし、何も言わなくても、よく気が付いて、親切にしてくれる。」

「誰に対してもそうなの、マリー？」

「きっとそうよ、」彼女は熱心に言った、「リゼもそう言ってたわ。そしてあなたも知ってるでしょ、リゼはあんまり他人を褒めないほうなのに。」

「ああ、リゼがそう言うんならそうなんでしょうね。」私は同意した。

そして毎週日曜日には同じことが繰り返された。歌の学校に通い、いつもみんなと一緒に仲良く村まで帰った。リゼが何か教訓めいたことを言うと、ルディが混ぜっ返す、というように、会話はいつも途切れることがなかった。ふつうはルディが途中ずっとみなを笑わせて、マルグリトリが飽きることもなく彼に相の手を返す。ヨハネスはずっと静かで、いつもマリーのそばにいようとするが、彼はリゼに付きまとわれていることの方が多かった。この子供らの集団の中で私は明らかに一人浮いた存在だった。

十月になるとモミの林を抜ける道に色付いた木の葉が散り敷いた。山の上には雪が積もり、私たちはすっかり日が暮れて、夜にならないうちに、家路を急がなくてはならなかった。十一月になると葉を落とした森に北風がうなり、唇や頬を切り裂くような烈風がモミの林を吹き抜けた。

それは十一月も終わりに近付いた、ある日曜日のことだった。雪が道の上を吹き払い、路傍に深く吹き溜まった。氷のように冷たい風が野に吹いて、私たちをあちこちに追い立て、吹雪の渦がびゅうびゅうと鳴って、目や耳の中まで雪が入って来た。私は目を閉じて雪道を進んでいたが、突然何かにぶつかった。目を開けてみるとそれは、色白で痩せた、幼いマイエリという女の子だった。彼女は二つの大きな哀れな黒い目で私を見上げた。

「マイエリ、おまえはどこから来たの。ほとんど凍えそうじゃない。」彼女は手をエプロンで包み、薄いスカートを履いたきりで、寒さから身を守る何物も身に付けずに、私の目の前で寒さに震えていた。

「あなたたちの村から来た。」その子供はかすかな声で答えた。

「私たちの村にいったい何の用?」

「ミルクをもらいに。」

「それで?」

「もうもらって来た。」

「どうしてあなたがミルクをもらいに行くの?」

「ミルクを夕方受け取りに行かなきゃならないから。」

夕方六時より前にはミルクをもらえないので、毎晩、こんな夜更けに、このか弱いマイエリは吹雪のモミの林の道を、重いミルク瓶を持って、私たちの村と、彼女が住むラインの町の間を往復しなくてはならないのだ。

「ああ、マイエリ、」その子の哀れなまなざしを見ると私は胸が締め付けられそうだった。「誰かほかの人がミルクを取って来れないの?」

「ううん、私が取って来るしかないの。」

突風がマイエリを雪の山の中へ吹き飛ばし、私たちも散りぢりになった。

「マイエリ、しっかり走れ、」ルディが振り返って叫んだ、「風に吹き飛ばされると、誰もおまえを見付けられないぞ。」

マイエリはもうずっと遠ざかっていた。或いは走って、或いは本当に吹き飛ばされたのかもしれない。

「からかっちゃだめよ、ルディ。」リゼが厳しく言った。

「僕がからかうのはね、君くらいさ、」ルディは早足で進みながら叫んだ、「誰もが君のように完璧なら、君はいったい誰にお説教するんだい。」

私たちの家の前まで到着して、私は言った、「もう私は、冬の間は学校に通わないわ。」みんなは別れ際に言った、「春が来たらまた歌いましょうね。」

「私ももう歌わない。」マリーが言った。

「僕も歌わない。」ヨハネスがすぐに思い付いたように言った。

「僕は行くよ！」ルディは叫んだ、「そしてリゼも来るよね、僕だけのために。」

そしてルディはリゼの返事を待つことなく走り去った。

ルディとマルグリトリは実際果敢にも、灰色の吹雪の日も、ずっと頑張って学校に通った。リゼもやはり頑張った。一度始めたことはたとえ嵐が吹こうとも、最後までやり通さなきゃならないと、リゼは他の人たちにも言って聞かせた、という話を私は聞いた。

この冬の間に、心の痛む出来事が何度もあった。北風のうなる音が暖炉を通して聞こえて来て、窓ががたがたと鳴る夜更けに、あの哀れなマイエリが、モミの林の中で、ミルク瓶を手に持って、一人っきりで戦っているんだなと私は思った。顔色から血の気の失せた子供が夕暮れ時に来て、空の瓶をさげた両手をエプロンで包んでいるのを私は何度も見た。瓶をミルクで満たして、それを子供の力で持って帰らなくてはならない。そうしたらどうやって手を温めることができようか。

マイエリは何年も前に母を亡くし、彼女の父と姉と一緒にラインで暮らしていた。そこに住んでいる人たちはみな自分の力でたくましく生きていた。マイエリの父と姉は二人とも健康で働き者だったが、母はきゃしゃで静かな女だった。マイエリは母に良く似ていた。

ある晩、半分開いた家の戸から冷たい風が吹き込んでいたので、戸を閉めようとしたちょうどそのときに、マイエリと彼女の姉が入って来た。

「お願いですから、しばらくマイエリを暖かいところへ入れてください。ヤマナラシの葉のように、ぶるぶる震えてるんです。ともかく、この子は寒がりなんです、」と、がっちりとした体格の姉は答えた、「いつも震えてるんです。そしてこの子は役に立たないんで私がこの子の代わりに、この子を家に残して行こうとしたんです。部屋には誰も働く者がいないから、部屋の明かりを消して出かけようとすると、この子がついて来て、暗い部屋にいると寒くて怖い、なんて言うんです。」

「かわいそうに、マイエリ、」私は言った、「いつも凍えてるの？　何をそんなに恐れてるの。」

「誰かにおびえてるんじゃないよ、」その子はか細い声で言った、「でも部屋の中はとても寒くて、からっぽで、お母さんは死んでしまって、もういないんだ。」

そう言うマイエリの黒い大きな目は、言葉を失うほどに痛ましかった。

一人っきりの子供にとって暗い部屋はどんなに寂しかっただろう。だから、家に残るよりは、寒空の下、姉について来るほうがましだと思ったのだ。

「マイエリは、夏が来て、太陽が暖かくなるまで、あとどのくらいかかるのかって、いつも聞くのよ。」姉はなかば笑いながら言った、「辛くても、我慢しなきゃならない。この子はかよわい子だけど、でもそんな暮らしにだんだんに慣れていかなきゃ。」そう言い残して、姉はマイエリの手を引いて、氷のように冷たい十二月の夜へと帰って行った。

数週間後、深く雪が積もったモミの林をソリで夕暮れに通ったとき、雪の深みを避けて道を歩く人影を見た。誰だかよく分からなかったが、近付いてみると、ルディが寒さに凍えたマイエリの手を、父親の代わりのように引いてやっているのだった。彼は帽子もかぶらず、髪の毛をくしゃくしゃにして、手にミルクの瓶を持ち、彼の大きな毛皮の帽子をマイエリに目深にかぶせていた。

ルディは冬の間ずっと、毎晩嵐の中、幼いマイエリと一緒に、重いミルク瓶を運んであげて、毛皮の帽子をかぶせてやって、雪深いモミの林の中を安全に家まで送り届けたのだと、私はあとで聞いた。

【三】

春がやって来た。クロウタドリが目覚め、あちらこちらの木立の中で、甘く長い声で歌った。森のはずれのブナの木は日光の中で、明るい緑色の葉を揺らし、強い山おろしの風がモミの林を吹いた。山の雪は融けて、ちょろちょろと谷へ流れ落ちた。日当たりの良い斜面には金色のサクラソウの花がおじぎをして、明るい空の下に白いアネモネの花がたのしげに咲いていた。小さな教会の前の芝生を太陽の光が暖め、墓地を新緑が覆った。村中の子供が、小さい子も大きな子も、墓の周りに集まった。私たちはみんなで歌を歌わなくてはならなかった。しかしそれは新しい牧師を迎えるためではなかった。鐘の音が厳かに鳴り響いた。緑の芝生の真ん中に血の気の失せたマイエリを収めた柩が開いて置かれていた。その顔に、暖かい太陽の光が差し込んでいた。マイエリはもはや凍えることはない。私たちは柩が閉じられ、地面に埋められる前に、その柩の前で歌を歌わなくてはならなかった。

私はその死んだ子供から目をそらすことができなかった。何がマイエリに起きたのだろう。子供たちは、今まで見たこともない深刻な、かしこまった表情をしていた。

鐘の音が鳴り止んだ。あたりはまったく静かになった。教師が歌の指揮をするために歩み出た。

皆が静まっている中で、突然誰かが大きな嗚咽の声を漏らした。

「誰だ?」教師はたずねた。

一人の小さな男の子がみんなの前に押し出された。「ハンスが泣いてます。」

「なぜそんなに大声で泣いているのか、ハンス。」教師はたずねた。

一瞬ハンスは顔を上げて、柩を見つめた。そして両手を強く顔に押し当て、すすり泣きをやめると言った、

「僕はマイエリのペンを取った。マイエリは死んで、僕はもうペンを返すことができない。それが今僕にはとても重大なことのように思えてきた。」

「ハンス、」教師は言った、「死んだ人は安らかに眠っているのだから。おまえはもうものを返す必要はない。」

みんな歌を歌うために近寄った。幼いハンスは人ごみの中から抜け出して、壁際にうずくまり、ペンを手に持って、また静かにすすり泣き始めた。

子供たちは歌った。

再び花を咲かせるために、私は種を蒔く
主は刈り取りに行き

麦藁の束を集める。
死に行く者よ、
主を讃えよ

マイエリの厳かな死に顔が日光の中で輝いていた。私は一緒に歌うことができなかった。私の隣で深くすすり泣く声が聞こえた。それはルディだった。大粒の涙が歌の本の上に落ちた。彼もまた声を詰まらせ、歌うことができなかった。

いよいよ柩は閉じられ、穴に埋められた。最初の土くれが墓の中に落ち、柩の蓋の上で粉々に砕けた。ハンスは静かに墓へ近付き、手に持ったペンを墓の中に放り投げると、大きな泣き声をあげながら走り去った。

短い葬儀が終わると、集まった人たちは黙って去って行った。今日はみな何も話す気にならなかった。

【四】

新しい牧師が来るので村でお祝いをすることになった。あちこちの学校から、若い子も年を取った子も、小さい子も大きな子もみんな晴れ着を着て、教会の庭の丘に集まった。花輪があちこちに飾られ、カーネーションやスミレ、白いスイレンの刺激的な匂いが辺りに満ちた。空は青く、木々は花を咲かせ、鳥は枝で鳴いていた。

牧師とその家族らを乗せた車がそろそろ到着する時刻になり、皆はわくわくしながら待っていた。私たちの学校の生徒たちもいつものように一箇所に固まっていた。大きなリンゴの木の下に立って歓迎の歌を歌うのを待っているあいだも、私たちのおしゃべりが尽きることはなかった。

「ヨハネス、」ルディは言った、「今日は楽しい一日になりそうだな。」

「ああ、」ヨハネスは答えた、「何しようか?」

「まず牧師さんが来るだろう、」ルディは指で数え始めた、「そして僕らは歌う。それから、教会に行く。そして、新しい牧師が説教をする。あれ、余り楽しそうじゃないな。」ここでリゼが何か言い出すんじゃないかと、ルディはちらりと彼女を横目で見た、「それから菓子が出る。教会の小間使いが大きなかごを持って門のところに出て来る。それから僕らはボーリング場に行って、夕方までずーっとボーリングをする。」

とうとうリゼが口を挟んだ。

「ルディ、」リゼは鋭い声で言った、「こんな日にボーリングに行くのはふさわしくないわね。そして私たちまでそんなくだらないことに誘わないでね。」

「はは、いちいち何がふさわしいかってことを言わずにおれないのはリゼらしいよな、」ルディは挑むように叫んだ、「それに新しい牧師なんて僕らには別にどうでも良いことだし、僕らはリゼと同じようにうまく歌えるし、後でリゼは牧師みたいに登壇して説教するだろうし、そしてヨハネスは教会の小間使いになって、牧師リゼに見張ってもらえば良い。」

リゼが怒った顔付きで、踏み出そうとしたそのとき、「車が来たぞ、」という声が聞こえ、みんなはとたんにまじめになった。私たちは整列して「ようこそ」と声をそろえて言った。滞りなく、歌を歌い、説教があって、また歌を歌った。それからみんなは緑の芝の上に腰をおろして菓子を食べた。そして日が暮れて、リンゴの木に三日月がかかる頃になると、マリーと私は芝生の上をあちこちと歩き回った。五月の夜はとてもおだやかで、賑やかだった昼間とはうって変わって、月の光が木の下を静かに照らしていた。二人はそれぞれの思いにふけっていたが、マリーが突然言った、「ねえ、ヨハネスはボーリング場に遊びには行かなかった。彼は全然軽率じゃないよね。そして今夜彼は集会に行くと言った、彼はもう何度もそこで素晴らしい話を聞いたのよ。」

私はヨハネスにそれほど関心がなかった。マリーはいつもヨハネスの良い面ばかり見ようとしている。

【五】

新しい牧師を迎えて、村の新しい生活が始まった。毎週日曜日、小さな教会はますます賑わった。

それはある夏の初めの日曜日のことだった。丘から鳴り響く明るい鐘の音の下、私は教会へ向かった。草花が咲いた牧草地に若い娘もおかみさんたちも歌の本を持ち出して思い思いのやり方で読んでいた。マリーはいつも家から真っ赤なカーネーションを摘んで来て、緑の銀盃花の枝と合わせてブーケにした。マルグリトリはさまざまな種類の花を賑やかに花束にして持って来た。リゼは毎度、干してカチカチになった美しいローズマリーの茎を歌の本の上にしっかり載せていた。ローズマリーの木の効用とリゼには何か本質的に近い意味があると私にはいつも思われた。

教会で私はある女の子に会いたいと望んでいた。私はその人を遠くからちょっとでも見たいと思ったが、彼女は今まで一度も現れなかった。牧師は若い親戚の娘を連れて来るはずだった。私はその娘と知り合いになりたいと思い、その人が現れるのを待ち焦がれていた。

その娘に会えなくて、期待を裏切られたような気持ちで私は教会を出た。せっかくの日曜日がとても虚しく感じた。教会の塀でマリーが私を待っていた。彼女には何か私に頼みごとがありそうだった。私は以前、再洗礼派の集会に一緒に訪れても良いとマリーに約束した。彼女は今日そこへいこうと私に催促しようとしているのだ。今日は特に用事のない日だった。私は彼女に同意し、午後にマリーが私を迎えに来ることになった。

集会が開かれる水車小屋へ行く道は曲がりくねっていて、牧草の良い香りがただよっていた。サンザシの高い生け垣にはアトリやマヒワが飛び回り、楽しげな声でさえずっていた。その先へ下りて行くと、暗い影を落とした池の岸辺に、水車小屋と、背の高いトネリコの木が立っていた。

「私は、建物の中に入るよりも、この池のほとりのトネリコの木の下にいたいわ。」私はマリーに言った。しかしマリーが余りしつこくこだわるので、私は約束を守って、一緒に中に入った。中の広間は外とは違う雰囲気で、たくさんの人がいた。たった一つの歌だけが繰り返し、真剣に歌われていた。やがて一人の男が群衆の中から歩み出て、何か奇異な感じのするたとえ話を始めた。私はだんだん事情が飲み込めて来た。演説しているのは、今チューリヒに亡命しているリヒャルト・ヴァーグナーのような人だった。彼は言った、「教会はすべての人々を結び付ける中心をすでに失っている。教会は車軸がぽっきり折れた車のようなものだ。前へ進もうとすると、何もかもがばらばらになって、動かない。中に乗っている人たちは外へも出られず、どこへ行くこともできない。しかし今、新しい共同体があって、それは新しく作られた車のようだ。その車はどこへでも行けて、どこかに衝突したり、事故を起こすこともない。地上の交差点に妨げられることもなく、天の王国へ直行するのだ。」

彼の話を聞いて、人々は本当にその車に乗って出かけて行く気分になった。マリーも同じように車に乗りたがっているように見えた。

集会の催し物がすべて終わり、私たちは再び外へ出て、山を登った。マリーが私から感想を聞きたそうだったので、私はしばらくして言った、「マリー、再洗礼派にはもう行っちゃいけないよ。」

彼女は落胆して叫んだ、

「何がそんなにいけなかったの。さっきの彼が言ったこと?」

私はマリーに白状した。「何にも妨げられない車のたとえ話は、とても面白かった。でも私は彼の話が全然信用できない。逆に私はあなたに聞きたいわ。何がそんなにあなたの気に入ったのかって。」

「集会ではいろんな素晴らしい話が聞けた。だらしない籠職人と、そのみじめにおちぶれた妻の話はどうだった? 彼らが集会に参加するようになってから、家計は持ち直した。彼らはまじめに働き、つつましく平穏に暮らしてる。」そういう人もいるかもしれないが、私はそうならなかった人の例も知っている。確かに彼らは集会に訪れるようになって生活が持ち直したかもしれない。でも、行ったからといって必ず立ち直れるとも限らない。

「それから、リゼを見てよ。彼女が集会に出るようになってどれほどその恩恵を受けたか。あんな説教や指導をほかの誰ができるかしら、牧師さんだって知ってるかどうかわからないわ。」

なるほど真実には証拠が必要だ。証拠というのはリゼで、私たちはその目撃者だ。マリーと私はリゼのけなげで奇妙な経験について語り合った。

「リゼをごらんよ、」マリーは熱心に続けた、「毎週日曜日に彼女は勉強をしに行って聖書を読む、それから集会に行く。家に帰ったら歌と格言を暗記する。決して飽きることなく。彼女自身から私は聞いたわ。私は日曜の午後、おばあさんにアルントの『真のキリスト教』ばっかり読まされて、すっかり飽き飽きしちゃった。」

「それであなたは、あなたのおばあさんのやり方をやめて、リゼの真似をしようってわけね、マリー。」

「別に真似することが重要なんじゃない、」彼女は笑いながら答えた、「でも真似しようと考えたところで私には何の問題もないわ。」

「聞いて、マリー、」私は強い確信をもって言った、「やっぱり私は、私たちが大人になるまでは、再洗礼派にはならないほうが良いと思う。私たちはみなまず堅信礼を受け、まだ知らないいろんなことを学び、その後でそれぞれ別の道を選べば良いんじゃない。そして知ってる、マリー、一途な敬虔さがあればそれだけで安全であり、それ以外の特別な道を行く必要はないってことを。私の母も、あなたのおばあさんもそう。この二人の言うことに、私たちは従うべきよ。」

そんな話をしているうちに私たちはモミの林に着いて、ベンチにむかった。

そこには私がずっと会いたがっていた人が来ていた。

ベンチには一人の若い娘が座っていた。村から来たのでもない。近所から来たのでもない。彼女は私がずっと会いたかったクララに違いなかった。

マリーはあわてて私に挨拶し、走り去った。私はその初めて会う人に近付いた。私が歩み寄るとクララも私が誰だかわかった。私たちはお互いに相手のことを聞き知っていて、今出会えたことを喜んだ。私たちは手をさしのべて握手し、モミの木の下のベンチに一緒に腰掛けた。

その夕べは穏やかで愛らしかった。太陽は沈みかけていた。遠くの雪山は夕日で赤く色付いていた。山の麓には暖かな香りが満ちて、緑の丘の上には金色の夕日が輝いていた。辺りは静かになった。モミの木を吹く風はやみ、私たちの頭の上で枝がかすかにさらさらと鳴っていた。

「ここはとても良いところね、」クララは言った、「私たち、いつでも一緒にここに来ましょうね。」

私たちはあふれる楽しさに浸りながら、何度も夏の夕べをこのモミの木の下で過ごした。夏はもともとこんなに美しかったかしら。たぶんずっとそうだったのだろう。クララのいる暮しは、私がずっと長い間待ち望んだものだった。私たちは似たものどうしだった。いつも互いの気持ちを共感できた。私たちは心の中で眠っていた感性の芽を互いに呼び覚ました。お互いに、相手を理解すればするほどに心の深みに達した。

クララはほっそりとして大きな体の少女だった。彼女がかわいい子かどうか私には何とも言えない。でも、彼女は誰にも好かれる魅力的な優美さを備えていたし、その暖かな茶色の目を見ると幸せな気分になれた。彼女は私よりも何歳か年上だった。そのうちだんだん見た目の区別は付かなくなっていったが、最初の頃私はいつも彼女を見上げなくてはならず、なんとなく私は彼女が自分よりも優れた理想の人のように思っていた。

私はクララの中にたった一点だけうまく説明の付かない欠陥があるのを感じていた。私はどこが欠けているのかわからなかったが、それが何かを突き止めようともしなかった。私は、何もかもが完璧で才能に恵まれた彼女から、ときどき単純素朴なマリーから受けるような、何かが欠けた印象を受けたのだ。

クララは早くに母を亡くした。彼女の父は会社の仕事で何年も外国に出かけていた。クララはそのため親戚の家族のもとで育てられた。その家庭の生活はとても知的だった。その家に出入りする人たちみんなから、クララは魅力的な刺激を受けた。しかしそういった人たちは宗教にほとんど無関心だったので、クララもまた宗教的な影響を受けていなかった。また、私たち山の子供らがずっと前から慣れ親しんでいて、いつも刺激を受け、考えているようなことを、クララは知らないことがあった。

そんな奇妙な違いに一時的にびっくりしたことはあったが、私たちの間の邪魔になるようなことではなかった。

【六】

私たちがベンチに腰掛けるといつも目にする森のはずれの高いブナの木は、季節とともにさまざまに色を変え、春には若い緑の葉が萌え出でて、今は色鮮やかな秋の葉をまとい、小道の上に落ち葉をふりまいていた。サフランはあたりの芝生の上で淡い青い花を咲かせ、こずえの小鳥は「ああ、なんと早いのか」と鳴いているようだ。

私は一人でベンチに座っていた。数日前にクララは町に帰って行った。もうすぐ彼女はもっと遠い所へ行ってしまう。彼女にはイギリスに親戚があり、彼女はそこで教育を終えなくてはならないのだ。

私もまた初めて父の家を出る時が来た。私は期待に胸を膨らませた。私はマリーがやって来るのを眺めながら、しばらくの間小鳥が歌う歌を心に留めていた。

私は旅立ちが決まり、何年も会えないことを彼女に告げた。

「私がまた帰って来る頃には、マリー、私たちはもうすっかり大人になってるね。」

「そうね、大人になってまた会いましょうね。」彼女は、一度村を捨てた人はたとえ戻って来ても、すっかり別人になってしまうものだと思っていた。

「でもね、」私は確信を込めて言った、「三年たっても子供の頃のことは決して忘れない。そして帰って来たら、今と同じように私をあなたの家に、雌鳥の家に迎えてね。」

マリーはその言葉に満足した。

「ところでマリー、誰がこの大きな〈M〉の字をこのモミの木のここのところに刻んだのかしら?」

「たぶんルディよ、」マリーは笑いながら言った、「ルディはMで始まる名前の子が好きだから。」

彼女はそう言いながら少し顔を赤らめた。

「マリー、マリー、他にもMで始まる名前の子がいるわ、」そして私は急に思い出して言った、「ねえ、お願いだから、私がいない間、再洗礼派には行かないでね。」

「そんなこと約束できないわ、」彼女は答えた。そして私たちは当分一緒に来ることもないモミの林を去って、それぞれの家に帰った。

次の日曜日、私が教会から出ると、途中でお別れを言いに来てくれた知り合いたちと出会った。ルディが一番最初に来て手をさしのべて言った。

「また帰って来たら握手しような。」

ヨハネスはしたかしないかわからないほど軽く握手をして、「元気で行って来なよ」と言った。マルグリトリはすばやく握手をして、「これが最後じゃないよね」と言った。リゼも歩み寄って優雅にお別れを告げた。

翌朝、私は旅立ちの準備をして、雌鳥の家に最後のお別れに行った。年を取った祖母はベンチから立ち上がって、私の旅立ちを祝福してくれた。おばあさんとはもう二度と会えないかもしれない、そんな予感がした。マリーは庭の外まで私を見送ってから、いったん家に戻り、階段を二階に上がって、カーネーションの花束を取って来てくれた。私は旅行の間中そのぷんぷんと甘い香りのする花束を肌身離さず持っているはめになった。

【七】

三回季節が巡って、その次の冬も過ぎ去った。山の雪が融け、谷川の水が岩の上を泡立ちながら流れ落ちて行った。森のブナの木は青々と芽吹き、春風が赤松の古木をざわめかせ、新たな命を目覚めさせた。

私はまた美しい故郷の大地の上に立った。昔なじみの野や森には、甘い記憶が残り、遠くの青い山並みは、これからの新しい生活を予感させた。

私は昔ながらの小道ですぐにマリーを見付けた。彼女はほとんど変わっていなかったが、彼女のちぢれ髪は少しだけ丁寧にひたいの上に梳かされていた。彼女のゆったりとした青い目は昔と変わらず親しげで気持ち良かった。静かに、そして注意深く、彼女は人の話を最後まで聞き、十分考えたあとで話し始め、そして彼女の言葉はわかりやすくて明解だった。

私たちはすぐに私たちの共通の関心事について十分に討議し始めた。マリーはまた、古い友達の詳細な事情も教えてくれた。私たちの身内では特に大きな変化はなかった。ただ、マリーの祖母はもういなかった。彼女は教会の庭の芝生の下に眠っていた。

背の高い麦の穂先に青い花が咲いて、草の中でコオロギが楽しげにリンリンと鳴き始める頃、私はまたあのモミの木の下に座り、隣にはしばらくぶりにクララが座っていた。彼女はつい最近イギリスから戻って来ていた。わくわくしながら私は彼女との再開を待ち焦がれていたのだ。やっと私たちは隣り合って座り、まじまじと見つめ合った。私たちはすぐに昔通りの信頼関係を見出だした。そこには昔からずっと好きだったクララがいた。彼女には、その優美な性格に、広い世界を見聞して得られた機知が加わっていた。新しい知識と人生における多種多様な見方をそなえて、彼女の知的生活はより広がり、豊かになっていた。彼女の精神的な素質がみごとに開花した。外見と内面の長所の多くが一体化して、どんな人もクララを愛するか、さもなくばうらやむしかないように思えた。

四年間離ればなれになっていた間にどんなにたくさんのことがあったか、そしてこれから私たちに、どれほど多くの出来事が待っていることか。クララは数週間だけ、私たちの山に滞在することになっていた。

私が家事をしなくて良い午後にはいつもクララと過ごした。できるだけ私たちは野や森をさすらい歩いた。私たちはいつも、決して忘れられないモミの林から出かけて、またモミの林に戻って来た。絡まりあった枝の下のベンチで、数えきれないほどたくさんの本を読もうと二人で計画した。何日もの間、話し合い、新しい意見や情報を交換した。そしてクララはとりわけ他の何よりも、彼女が持参した一冊の詩集を私に紹介したがった。その著者は彼女の遠い親戚で、彼女はその詩的才能に非常に関心があり、私もすぐに気に入るだろうと言うのだ。私もその話に格別興味を持った。

私は徹底的に理解し、楽しむために、その手稿を彼女に借りて一人で読んでみて、後日このモミの木の下で話し合いたいと彼女に申し出た。

二人でまた会おうと予定した日に、私は早めに丘に登ったが、しばらくして誰かが私に近付いて来る足音を聞いた。もうクララが来たのだろうか。私が振り返ると、そこにはマリーがいた。彼女は歩みを止めた。彼女は私がここにいるとは思いもよらなかったようだ。私が立ち尽くしていると彼女はためらいながら近付いて来た。私たちはいつものような雰囲気ではなかった。マリーは近くに寄っても私を見なかった。マリーは泣いていた。彼女が泣くのを私は初めて見た。彼女の落ち着いた青い目に涙が浮かんだのを思い出すことができない。

「ねえ、ずいぶん久しぶりだね、どうかしたの、マリー。」

彼女は口を開かなかった。やっと何かを言おうとしたが、さらに涙が出て来て、言葉が出なかった。

「あなたの心配ごとを、私に話せないの、マリー？」

「言えない。」彼女は小声で答えた。

「あなたはもう私を信用してないの？」

「いえ、今も信用してるわ、」彼女は今度は冷静に言った、「でも私には言えないの。」

「マリー、言えないことなんてないよ。」

「でも、」彼女はすぐに答えた、「あなたがまだ聞いたことのないことがあるのよ。」

　私はとても驚いた。

「こっちに来て一緒にベンチに座りましょう、そしてお互い落ち着いて、話し合いましょう、」そして私はマリーをこっちに連れて来ようとしたが、マリーは慌てて手を引っこめた。

「だめよ、だめ、」彼女は叫んだ、「だめ、今日はだめ、」そして彼女はあわてて走り去った。私はマリーがこんなに興奮したのを初めて見て、とても考え込んだ。私は、自分の手に持った手稿を読もうと思っていたことを思い出すまで、モミの木の下に長い間座りこんでいた。やっと私はその本を開いた。私にはそれと同じ手書きの文字を、或いはとてもよく似た文字を、以前どこかで見たことがある気がした。でもどこで？　突然私はそれがヨハネスの文字と驚くほどに似ていることに気付いた。確かに長いこと見たことはなかったが、そこにはまったく同じような、上品で、繊細で、感じの良い、ほかのどこにもない筆遣いの書体があった。かつてある午後に、このモミの木の下で、この書体で書かれた本を読んだことがある気がした。私はそのことをずっと考え続けた。

　クララが私の前に現れて、彼女から借りた本の詩について、私がなんと思うかとたずねられたとき、私はまだ一文も読んでいないと告白しなくてはならなかった。

　その日は晴れて静かだった。私たちは丘をおりて、森に囲まれた水車小屋の谷まで散策しようと決めた。

クララはその若い詩人の高い目標と理想的な人格について私に熱く語った。まだ世間には知られていないが、彼は足を道の塵で汚すことなしに世界中を放浪するような人生を送る人であると。

そうこうするうちに私たちは水車小屋の近くまでやって来て、池のほとりのトネリコの木の下に立った。次々と人々が水車小屋へ向かうので、今日は集会がある日のようだった。私はここが再洗礼派の集会がある場所だとクララに注意をうながした。彼女はこの場所に興味がなく、池を眺めて何も言わなかった。

あたりは静かになった。トネリコのこずえは私たちの上でかすかに揺れて、私たちは二人とも無言で深緑の水を眺めた。

人の声が聞こえた。二人の人影が手に手を取って斜面を水車小屋の方へやって来るのが見えた。リゼと、その隣にいるのはヨハネスだった。内緒話をしながら二人は水車小屋の中へ入って行った。

思わず私は叫んだ、

「私今ひらめいたわ、クララ。」

「あらそう、」彼女はかなり乾いた声で言った。

その思い付きは冷酷で、そして私には理解できなかった。私はその考えを打ち消してしまいたかった。

【八】

ある日曜の午後、私は雌鳥の家の古い部屋に足を踏み入れた。マリーはそこで一人でベンチに座っていた。彼女は手に一冊の本を持っていた。

「私はあなたとじっくり話がしたいの、マリー、でもあなたのお母さんが台所で話を聞いてしまうかもしれないから、さあ、昔よく一緒にいた物置に上がりましょう。」

二人でそこへ行くと、赤いカーネーションが日差しの中で輝いていた。目の前に梨の古木が立っていて、枝が重そうにたわみ、てっぺんにはカラスの巣があった。枝には鳥たちがとまり、あたりは静かで、ただ昔ながらに、庭の井戸が水音を立てていた。

私たちはちょっとのあいだ静かに座り、辺りを見回していた。「マリー、あなた気分が悪そうね、全然前と違って痩せこけてるわ。悩みごとの余り、食事をしてないのね。それは良くないことだわ。もしまだあなたが昔のように私を信用してるのならば、私に事情を話して。そうすれば気が楽になる。私はどこからあなたの苦しみが来るか知ってるわ。」

マリーは驚いて私を見た。

「誰かがあなたに何か話した？　いったい何を知ってるの、」彼女は不安そうにたずねた。

「誰も。誰かほかの人から聞いたわけじゃない。ついこないだ、夕方に、私はリゼとヨハネスが一緒にいるところを見て、すべてを悟ったの。」

マリーは顔を手で覆い、すすり泣き始めた。

「ねえ聞いて、」しばらくして彼女は涙をぬぐいながら言った、「とっくに私も承知してるわ。リゼは彼を正しい道に導くことができる。彼女は自分から彼のところへ行くし、いつも彼は彼女を受け入れる。彼はでも、いつも受け身で、自分じゃどうしたら良いのかよくわかってないように見える。彼女は彼にいろんな良い読み物を与えて、彼を集会に連れて行く。私はヨハネスに何も与えることができないし、私自身何も持ってない。私がどれほど彼を慕ってても、彼は気付かない。多分私が彼に何も話すことができないんで、私のことが大切だとは思ってないのよ。」

「でもマリー、どうしてそんなことになっちゃったのかしら、」私は驚いてたずねた。「どうしてヨハネスはあなたが彼を好きだってことをいつまでも気が付かないの。」

「知らない。どうしてなのか。」悩ましげなまなざしで、彼女は答えた、「もちろん私は、リゼが彼にいつも素晴らしいことを話し、ヨハネスも彼女がどれほど彼を大事に思ってるか気付いてる。私はますます彼に話ができなくなり、彼にとって私は重要でなくなっていく。

近頃、私は働きたくないし、話もしたくない。他人の話も聞きたくない。すべてが私には重荷だし、何もかもがつまらない。毎朝目が覚めても私は一日が始まらなきゃ良いのにって思うし、誰とも会いたくない。」

私は彼女を助け、慰めたいと思ったが、役に立ちそうなことを何も思い付かなかった。

「あなたを助けてあげられたら良いのに、マリー、」私は困り果てて言った。

「誰も私を助けることなんてできない。神様も私を助けることはできない。私は幸せだったときにも神様を求めなかったから、今更頼ろうという気にもならない。私はお祈りしないし、お祈りなんか私にとって何の役にも立たない。」

私の目の前でマリーは膝の上に手を置いて、天国にも地上にも何の関心もないという表情をして座っていた。

「あなたに何かすてきな読み物をあげましょうか、きっと気が紛れると思うわ。」

「いいえ、私は本なんか読みたくないわ。」

私はそれ以上なんと言って良いかわからなかった。もちろんマリーは子供の頃からずっとヨハネスと親しかったし、一緒に村の中で親密に暮らして来た。ヨハネスにしても、彼はずっと長い間マリーのあとを追いかけていた。あんなにおとなしくて優しい彼がなぜいまさら彼女を見捨ててしまうのだろう。

「ヨハネスったら、なんでそんなことができるんだろう、」私は叫んだ、「恥知らずだわ。」

「いいえ、いいえ、」マリーは夢中で答えた、「そんなふうに考えないで。私たちは何も将来を約束したことはないの、ヨハネスは何も悪くない。」

そして、マリーはカーネーションの上に、その香りを吸い込むかのように体をかぶせた。しかし彼女はなおも泣いていた。

私は重苦しい気持ちでマリーから離れた。どうしたら彼女を助けてあげられるだろう。私にはどう考えてみても事情が理解しがたかった。ヨハネスはマリーに対する思いやりに欠けているように見えるし、マリー自身も彼に理解を求めようとしない。

誰か、何かもっと良く知っている、昔からの知り合いにたずねてみるのが良いかもしれない。そう思いながら芝生の道を我が家に向かって歩いていると、丘の斜面に、夕日の中に楽しげに輝いている小さな家があった。その家のわきのベンチに腰掛けているのは確かにルディだ。ボタンの穴にバラをさし、口笛を吹いてご機嫌だ。

「散歩は楽しいかい？」彼は私がまだずっと離れているのを見付けて呼びかけ、そして立ち上がってこちらにやって来た。

「一緒に行っても良いかな？」

それはちょうど私も望んでいたことだった。

私は自分の疑問をルディにぶつけた、彼がヨハネスについて何か知っているか、何かおかしなことは起きてないか、と。

ルディは私が質問を終えるやいなや、喜んで彼自身が知り得た事実を述べ始めた。「さまざまに絡み合った事情があるんだよ。マリーの父は特に、ヨハネスに娘をくれてやろうという気はなかった。むしろヨハネスは教養があって娘とは釣り合わないと考えて、誰か他の婿を見付けようとしていた。ヨハネスはそのことに気が付いて、内心ショックだったようだよ。自尊心が傷付けられた。そんなとこへリゼがたびたびヨハネスを誘惑し、ヨハネスもまんざらじゃあなかった。リゼの父親に申し出りゃきっとうまくいくだろうって彼は思った。マリーはその間ずっと口をつぐんだままで、誰にも何も話さなかった。ヨハネスはでも、マリーが彼に何か言ってくるんじゃないかと内心自信満々で待ってたのさ。でも当てが外れたんだ、」ルディはきっぱりと言った、「マリーは結局何にも言わなかった。ヨハネスはマリーをお嫁さんにすることもできたはずなのにね。」私たちが教会の丘に着くとルディは話を締めくくった、「でも僕だったらヨハネスみたいに、マリーとリゼをてんびんにかけるようなことはしないよ。」

クララは私の学校の知り合いたちのことを遠く離れていても私に聞いて知っていたが、その一人一人に関心を持つほどは知らなかった。その日の夕方、私は余りにも胸の中がいっぱいになっていたので、どうしてもその日体験したことをクララに聞いてもらわなくては気が済まなかった。

「頭の悪い、視野の狭い女にありがちな不幸ね。自分の考えた通り、期待した通りにものごとが運ばないと、まったく興味も生きがいも失ってしまう。日常の喜び以外に、何も心の支えを持ってないのね。」

「そういうつらいことが身にふりかかったとき、しっかりと私たちを支えてくれるものは何かしら?」

「そのマリーの不幸を取り除いてやる方法なんてないわ。彼女は俗世間的な気休めしか知らない。でも私たちは、不幸に遭遇したときにも、心を元気付けてくれる、本物の知的な財産を持ってる。ゲーテの『ヴィルヘルム・マイスターの遍歴時代』の中にこんな詩があるわ、

おまえの詩篇に曰く、
愛する父の耳ははっきりと聞く
あなたは私を勇気付ける
曇った我が眼を開く
荒れ野に渇きを癒す
幾千もの泉を与える

「クララ、じゃあ、マリーに勧められるような詩や物語は無いのかしら。」

「ないわねえ、彼女の内なる目はそんな美的なものに対して開かれるようなことはないのよ。」

「心の目を開かない人を癒すことはできないの、クララ?」

「無理ね、」彼女は無慈悲に言い放った、「教養によって培われ、知的な人生の泉の水を飲んで広げ

られた視野を持つことによって、私たちはそういう心の病に打ちのめされなくて済む。心が病に屈しちゃうのは、何かの予防策が欠けているんじゃなく、教養の源泉自体が涸れてるのよ。もし一つの泉が涸れたとしても、私たちはほかに何千という泉から水を汲めることを知ってる。たった一つの川の水が干上がっちゃうと砂漠になってしまうようじゃだめなのよ。」

私にはクララとは別の考え方があった。マリーの祖母が生きていたなら、おそらく彼女はマリーを助ける方法を知っていただろうと、私は静かに考えた。

【九】

モミの林の隣に畑を持っている人が、境界を越えて自分の土地までモミの木が根を張って、彼の土地に被害を及ぼしていると苦情を言っているという話を聞いた。彼はそのモミの木を切り倒して欲しいと要求した。その木というのが、枝と枝を美しく絡ませているあの二本のモミの木のうちの一方のことだった。二つの木は枝も根も互いに絡まりあっているから、片方を切り倒したら当然もう一方にも影響が及ぶはずだ。

何日か雨が続いた後、綺麗に晴れ上がった夕べに、私はいつものようにモミの林の丘を登ってみた。私はいつものベンチの前に立ち、自分の目が信じられなかった。

二本の木のうちの片方が伐り倒されていたのだ。

クララもやって来た。私たちは口もきかずにベンチに腰掛けた。残された片方の木は、地中深くまで根を傷付けられただろう。こずえの枝はいたるところで引き裂かれていた。動きもなく、何の音も聞こえず、木はそこに立っていた。鳥たちはみなびっくりして逃げてしまった。私たちは言葉もなかった。

この日私はしばらくぶりにクララと会った。私は最初から最後まであの詩集を何度も繰り返し読んだ。私はクララが熱中したという、私をわくわくさせてくれるような箇所をずっと探し求めていたが、期待に反して何も見つからなかった。ありきたりの、愛らしく、軽やかに装われた調べはあるが、迫力や独自性といったものにはまったくお目にかからなかった。私は、これらの詩に、単なる古典趣味以外に、何か格別な見どころをクララが見出したということが理解できなかった。私は感じた通りのことを彼女に話した。彼女は少し憤慨したようすで、個別にいくつかの良い点を指摘した。しかし、彼女の説明は、この詩人の個性についての私の確信をますます深めただけだった。

空に最初の星が輝き始め、涼しい風が林に吹き始めるまで、私たちは押し黙ったままベンチに座っていた。それから私たちは手をつないで丘を降りた。道端の花は今年初めての秋風に震えていた。これらの花が、夏の日差しの中に咲きそめて以来、どれほどたびたび私たちはその草むらの中をさまよい歩いたことだろう。しかしそんな季節ももう終わりだ。

クララは予告もなく、数日後の夕方、私たちの山を去ることになった。私が理由をたずねると、

「急に親戚の用事ができて、出発しなきゃならなくなった、一日も待てないから、」とクララは答えた。

彼女にそんな急ぎの用があるようには見えなかったので、私は少し不審に思った。しかしクララは私にきちんと理由を説明してくれなかった。

それからいつもの年のように秋が深まり、冬になり、再び春が目覚めた。毎年、新しい人たちへの新しい興味が沸き起こり、知らないうちに人生の転機が訪れる。そんなとき私たちはいったん立ち止まり、過去を振り返る。私の子供の頃の知り合いとは今もときどき、普通はほんのちょっと言葉を交わす程度に再会した。マリーとは彼女が欠かさず通う教会へ行く途中で挨拶する程度だった。彼女の表情にだんだんと静かな微笑みが戻って来ていることが、私に多くのことを物語った。彼女は私に何も言わないが、快方に向かっているように見えた。

クララからは何か月間もたよりがなかった。彼女の手紙は次第に少なくなり、しばらくの間完全に途絶えた。短い手紙に、彼女が父親のところへ旅行してそのままそこに一年ほど滞在したと記されていた。その後、クララの親戚から、彼女が長い間重い病気にかかっていたことを知らされた。しかし彼らは彼女がどんな暮らしをしているのか詳しいことは知らなかったし、以後彼らはクララについて何も書いて寄こさなかった。

何年もの歳月が流れていくうちに、モミの木の傷もだんだんと、ある程度は癒えていった。その木は今も丘の上に立って、遠くの谷を見下ろしていたが、しかし完全に元気を取り戻したわけではなかった。その片側は枝が無いままだし、反対側は枝が痩せ細って来て、暖かい春の日差しを浴びても、もはや力強い青葉を茂らせることはなかった。

マリーは多くを語らなかったが、その瞳には明るさを取り戻していた。まったく新しい、朗らかで安らいだ表情をしている。マリー本来の、しっかりとした性格を取り戻していた。私が考えもしないような明るさでマリーは言った、彼女の両親が一人の孤児を家に迎え入れたために、彼女には新しい仕事ができたのだと。マリーはずいぶん変わった。彼女は過去について何も話さなかったが、私もその話題には触れずにおいた。

【十】

月日は流れた。クララがどんな生活を送っているのか私には見当がつかなかった。彼女のあちらこちらの親戚に私は聞いて回ったのだが、ほとんど手がかりがなかった。しかしある日驚くべき知らせが私に届いた。彼女はイギリスに望みの職を見付けて、仕事を始めることになったのだが、その前に私に会いに来るというのだ。

クララはいったいどうなっているだろう。彼女の到着まで私の頭の中を占めていたのはその考えだけだった。

彼女が今私の目の前に立っている。そう、これがクララだ。でも、彼女の目付きも表情もなんだかこわばっている。彼女の声の響きまでもが、何か憂いを帯びていた。

最初の挨拶を交わしてから私たちはどちらもしばらく探るような目付きで口をつぐんでいた。私たちは外へ出ることにした。二人とも部屋の中が窮屈に感じたから。私たちは並木道を通ってボダイジュの老木が枝を川の流れに浸しているところまで来た。私たちはその枝に覆われたベンチに座った。

「クララ、またこうやって、あなたと一緒に座るのは、ずいぶん久しぶりじゃないの。これまでの長い間、私はあなたのことをほとんど聞かなかったし、あなたからも音沙汰なかったわね。あなたは病気だったんでしょう。」

「ええ、とても長い間、とても重い、体と心の病気を患ってた。」

私の考えていた通りだった。

「でも今はまったく治ったようね、クララ？」

「そうね、ある程度はね、」彼女は短く答えた。

彼女がもう昔の彼女ではないことを知り、私は胸が締め付けられるように苦しかった。彼女はずいぶんと変わってしまった。昔、私の心を猛烈にたぎらせた、あの彼女の激情はどこへ行ってしまったのだろう。どんな力が彼女の内なる性質を変えることができたのだろうか。私たちは池の上のさざなみを長い間、言葉もなく見つめていた。

「マリーはどうなったの？」クララは突然聞いた。

その質問は私を驚かせた。クララはもともとそんなにマリーに興味を持っていなかった。なぜ再会していきなりそんなことを聞きたがるのだろうか。「私が知ってるのは、マリーがまた元気になって、ずいぶん前に立派な若い男の人と結婚して、少し離れたところに住んでるってことよ。それ以来私は彼女に会ってないわ。」

「クララ、」私はまた言った、「あなたはもしかしてマリーが苦しんでた頃からもう心身を病んでたの？」

「ええ、」クララは水面に目を落としたまま言って、苦笑いした。「あの手稿の詩人はヨハネスだったのよ。でもすべては終わったことだわ。」

その言葉が、私の胸に響いた。クララにとってすべてのことはもう過去のできごとになってしまったのか。

「ああ、私はもう何の楽しみも求めない。無駄な生き方をしないために、私は力が欲しい。もっと要領よく生きたい。」

「でもクララ、あなたは心の豊かさを求めてきたんじゃなかったの。今はどんな泉の水をあなたは飲んでるの？」以前クララが言っていたことを思い起こして、私は問わずにはいられなかった。

「私の仕事には、そんな、心の豊かさなど必要ない。」彼女は奇妙な響きの声で答えた、「私は心の泉の水など飲まない、私はもう渇いてない。運命のままに、何の望みも持たずに生きてる。そう、ゲーテの章句にあるように、

大いなる、永遠の、青銅のように厳しいおきてに従って、
我らは人生を完結しなくてはならない。

「ずいぶんあなたは変わってしまったのね、クララ、」私は思わず叫んだ、「今あなたの豊かな心の慰めはどこにあるの？　未来への広い視野は？　この世の中であなたの喜びは何？」

「もはや私に喜びはない、私は人生に耐えるだけ。病んでたとき、私は人生の喜びを取り出そうと、ありとあらゆる泉から水を汲んでみた。しかしすべて無駄だった。その代りに私が得た知恵とは、すべての人生の喜びを諦めたところに心の平安があり、何の望みも持たないことだけが幸福であるということ。」

「それは、幸せであるというよりもむしろ死んでるようなものじゃないの、クララ。病んでるときにも、苦悩してるときにも、いつも新しい人生を汲みだすことができる泉があるわ。あなたは知らないでいるだけよ。マリーもその泉から汲んだはずだわ。今はもう彼女は子供の頃のように、元気

はつらつとしてる。」

クララはマリーについてさらに詳しく知りたがったが、私は正確に説明することができなかった。いずれ調べてみて、わかったことをすべて知らせるとクララに約束した。

そして私は言った、「あなたにも約束して欲しいことがある、クララ、一度徹底的に聖書を読み通してみて。ただの古い教科書のようじゃあなく、かつて私たちがよく読んだ詩人たちの本のように。そうしたらあなたにも人生の泉が見つかると思うの。」

クララは私をびっくりしたまなざしで見て、私に同意した。そして私たちは別れた。

【十二】

同じ年、秋の日差しが山や谷を照らす、あるすがすがしい朝に、私は果樹の林を抜けて、香り高い緑の草地の中にある、一軒の農家を訪れた。庭には二筋の水が流れ出す石造りの井戸があり、家の前には大きなリンゴの木が立っていて、窓には赤いカーネーションの花が朝日を浴びて輝いているのが遠くから見えた。家の戸からマリーが出て来ると、彼女は私のほうへ近付いて来た。

「ずいぶんとお元気そうね、マリー、」私は彼女に声をかけた。

「ええ、おかげさまで、」彼女は愛嬌よく手を振りながら答えた。

「あなたもお元気?」

「ええ、まったく。」

私たちは一緒に住み心地の良さそうな家に入った。話したり聞いたりしたいことがたくさんあったが、何よりも先にマリーは私に、誠実な夫のフィリップとどうやって出会い、彼と結ばれたかを説明しないわけにはいかなかった。秋の日差しが差し込む窓辺に私たちは腰掛けた。窓の外には緑の芝生がきらめき、たくさんの実がなったリンゴの木で、楽しげな鳥の群れが食事していた。

「神様のお導きで私たちは一緒になれたのよ、」とマリーは続けた。「毎日感謝してるの。フィリップがどんなに良い人かあなたには信じられないと思うわ。彼はとても敬虔な人で、私のわからないこともなんでも正しく知ってる。そして彼は子供たちにとって、ほかに考えられないほど良いお父さんよ。」

「それはすてきね、マリー、」私は喜んで聞いた、「そしてその子供たちは？　私も見てみたいわ、」

マリーは子供たちを呼び、まず大きな方の子供を私に紹介した。父の名を取った、五歳のフィリップだ。彼は私の前でも物おじせず、まっすぐに立っていた。次に彼女は少し手こずりながら、母の後ろにずっと隠れていた小さいほうの子を私の前に押し出した。

「この子は三歳よ、」彼女はその子をはっきりと私に見せながら説明した、「この子の名はヨハネス。」

私はマリーを怪訝な目付きで眺めた。

「ええ、」彼女は私の考えを見すかしたように言った、「この子にヨハネスと名付けたのは夫も承知の上よ。私はあれ以来ヨハネスと一度も会ってなくて、彼とは何も話す機会がなかった。でも私たちがずっと仲の良い友達だったことは、紛れもない事実よ。彼に私の気持ちをわかってもらい、彼の名前をいつでも聞いていたいために、自分の子にヨハネスという名を付けたのよ、ねえ、すてきなことだと思わない、ヨハネスちゃん。」

その小さな子は、ヨハネスがずっとマリーにして来た仕打ちに報いるかのように、彼女にすり寄り甘えていた。弟を見下ろしている兄のフィリップには、そんな負い目は見えなかった。

父のフィリップが部屋に入って来た。その実直で落ち着いた、信頼の置けそうなまなざしから、彼のまっすぐな性格と魅力的な人柄がうかがえた。幸せにつつまれた現在のマリーは、過去をすべて水に流すことができた。彼らは私にもっと長くいるように望んだが、私はほかに行くところがあった。私は故郷の山に戻りたかったのだ。マリーは私と一緒に行きたがった。私とマリーは昔よくそうしたように、山の中にさまよい出た。昔の思い出が心の中によみがえって来た。

「マリー、」私はふと思い付いて言った、「少し聞かせて欲しいことがあるの。とても落ち込んでたあの頃、あなたは再洗礼派には行かなかった？　あなたがそこに慰めを求めて行ったんじゃないかと私は心配だった。」

「いいえ、まったく。あなたにも言ったように私は行ってみたい気がしてたのよ、でも私は考えた。」

「何か言いたいことがありそうね、マリー、」彼女がためらうので私は言った、「話してくれないかしら。」

マリーは説明し始めた、彼女はその頃どん底にいて、何の慰めも求めていなかった。すべての生きる力が彼女から奪われ、眠ることもできず、仕事も手に付かなかった。何も深く考えられないし、何も正確に把握できなくなった。自分は正気を失ってしまったと思った。そんな自分に父母も冷淡になり、見捨てられてしまった。

「そこで私は走ったの。それはある日曜日の午後だった、言いようのない不安に駆られて、おばあさんのお墓に行って、座り込んで、泣きながら言ったの、ああ、おばあさん、もし今もそこにいるのなら、私を助けてくれませんか、って。私は長い間お墓のそばに座ってて泣きながらおばあさんのことを考えてた。昔に戻っておばあさんの話が聞けたら良いのにと。そして、おばあさんが私に言ってたことがだんだん記憶によみがえって来た。私はおばあさんの言葉を耳で聞いて理解してたけど、心の奥底には届いてなかった。私は走って家に戻り、おばあさんが死んでから初めて、彼女の聖書を開いた。そこには今もしおりが挟んであった。そのページをおばあさんは死ぬ直前に読んだはずだった。私はそのページを開いて、おばあさんが見たのと同じ言葉を見た、『苦境に陥ったときには私を呼びなさい。私がおまえを救い出してやろう。そしておまえは私を讃えるだろう。』

私は大声で叫ばずにはおれなかった、『ええ、おばあさん、私もそうします。』そして私は自分の部屋に飛び込んで、私の苦境を神様にお祈りした。それまで一度も私はお祈りなんてしたことがなかった。それ以来私は何度も何度もお祈りした。それで私は、私のどこが欠けてるのか気付いた。私は誰かがきっと私を助けてくれるに違いないと思った。再洗礼派が助けてくれるんじゃないかって。

でも、一生懸命お祈りすればするほどに、私はますます、私を助けられる人などいないって感じるようになった。どれほど私がおばあさんの教えを守らなかったか、どれほど彼女に悲痛な思いをさせたか、私がどんなに良い行いをして来なかったか。どんなに父や母を毎日困らせたか。そしてそのほか、誰も知らないたくさんの悪行を、私はおこなって来た。そんな考えが私の心の中に燃えさかった。そんな不安を抱いて聖書を取って開いてみると、自分の身に思い当たることが、私自身の人生そのままのことが、なんとたくさん書かれてることか。

私の日々は煙のようだ、私の骨は火にあぶられて灰になる。

私の心はこなごなに打ち砕かれ、草のように干からびる。私はまた、パンを食べることさえ忘れる。

そこにはまさに私自身の心の病と、その治し方がはっきりと記されてた。私は見付けた。天国には私たちの主がいて、私たちを許し、私たちの罪を清めてくれる。私たちはただ主を呼べば良い。そう考えると、大きな喜びが私の心にもたらされた。すべての心の苦しみと重荷は取り除かれ、古くつらい苦しみはもはや力を失った。私は一日中感謝と喜びの言葉を唱えた。

ああ、イエス・キリスト、私の命、
私のすべての苦しみの慰め、
私の生も死も、
あなたにゆだねます。
私はあなた自身のもの。
私の心を救済する。
永遠にあなたは私のもの。

そしてマリーは口を閉じた。私たちは暫くの間隣り合って言葉も交わさず歩いた。
「そう、マリー、そして今あなたは、それがあなたの人生の確かな支えだと確信してる、ってわけね。」

「ええ、どんなときにも、いつでも、確かに私はそうよ。」私たちは山道にさしかかって、静かに立ち止まった。私たちは古くからの友情と新たな理解に包まれて別れた。

私は見覚えのある場所をたどりながら山を登った。道は険しくなり、花の色が濃くなった。狭い山道に入り、芝生を横切って、緑の木々に囲まれた小さな家に向かった。虫たちがさがさと這いまわる草むらに足を踏み入れると、そこには見紛うこともない、ルディとマルグリトリの親子がいた。父親のルディはリンゴの木によじ登って赤い実を子供たちに落としていた。昔ながらに赤いほほをしたマルグリトリもちょうど家から出て来て、驚きの声をあげた。彼女に導かれて家の中へ入り、夫のルディも呼ばれて木から下りて来た。

「よく来たね、」ルディは部屋の中で、昔のように私に握手した。

私は説明した、「あなたたちがどうしてるかと思って、近くまで来たんで、挨拶をしたいと思って立ち寄ったの、それだけなの、」と。

「まあそう言わず、」ルディはなおも席を勧めるので、私は座らないわけにはいかなかった。ルディが私をもてなそうとするので、私は言った、「今日はだめです、もう遅すぎます。その代り、昔の知り合いたちのことを教えてくれませんか。」

「ああいいよ、誰のことが知りたい。あの偽善者の、あ、いや、ヨハネス夫人のリゼにはもう会ったかな、」そのときマルグリトリはこっそりと彼に肘鉄をくらわせた。

「彼女は立派な義人・ヤコブのごとき人に育ったよ。」

彼は再び肘鉄をくらった。

「いいえ、私はまだ、ほかの村人たちには誰にも会ってません。私はたった今、久しぶりにここに戻って来たんです。ほかの人たちのことも聞かせてくれませんか。ヨハネスはどうなりましたか。」

「ああ、あいつね、元気だよ。自分で敷いた寝床に自分で寝てるよ。つまり、自業自得ってやつだな。あいつはいつも日曜日に、朝夕、二度集会に行く。リゼ様とご同伴でだ。しゃきんと凱旋将軍のように背筋を伸ばして、ローズマリーのブーケを持った奥方様の手を取って。」

「彼らは彼らなりにうまくやってるよ。」マルグリトリはふと思い付いたように言った、「彼女はまったく感心するほど立派に家事をこなして、家のものは何でもちゃんと整頓して、夫の面倒もきちんと見てる。ヨハネスは良い女房をもらったよ。」

「うん、しかもその上にだ、」ルディは続けた、「彼は毎日毎日、ずっと説教されてるんだ。一日に朝と夕方と二度。日曜日にはもちろんだ。俺なら、毎週月曜日に嫁さんにひっぱたかれて、残り一週間、ほっとかれたほうがましだよ。」

「ルディ、あなた今ここで自分の嫁さんに一発くらいたいのかい?」

「いやいや、やめてくれ、俺はただヨハネスのことを言っただけさ、俺には説教も平手打ちもやめてくれよ。別に何も悪いことはしちゃいないだろ。」

なるほど。マルグリトリとルディが楽し気におしゃべりするさまは、私たちが子供の頃に、あの歌の学校に通っていたときとまったく同じだった。

「確かにあなたたちは今も幸せそうね。今日それがわかって私もうれしいわ。」

ルディは私に力強く握手した。そして私は彼らと別れた。

モミの林に着く頃、ちょうど太陽が沈み始めた。私は懐かしいあのベンチに座り、それからあの古いモミの木にもたれかかった。過ぎ去った日々が私の心の中でよみがえった。丘に沿って下って行く道を、ひ弱なマイエリは凍える夜に何度も往復し、しょっちゅう谷のあちこちで道に迷ったのだ。

丘の小さな教会の安息日を迎える夕べの鐘の音が、マイエリのレクイエムのように、風に乗って聞こえて来る。

再び花を咲かせるために、私は種を蒔く
主は収穫に行き
刈り取った麦の束を集める。
死に行く者よ、主を讃えよ

丘の上のモミの木は今も寂しく立っていて、その古枝を山の風が揺らしている。ベンチには、若い家族連れが座っている。枝にとまって鳴く小鳥たちが、「ああ、なんと早いのか」と歌っているのが、彼らには聞こえているだろうか。

彼らの誰も忘れない

IHRER KEINES VERGESSEN

【一】

　夏の暑い盛りでさえ、日光に白く輝く雪をかぶった、はるか遠くの山並みを見晴らせる、峡谷に囲まれた丘の上に、一軒の白い家が建っている。その家はある医者が建てたものだったが、彼は今、丘の下の、蔦に覆われた石の墓の下で眠っている。彼は何年間もその家に住み、苦労に満ちた人生を過ごした。その大きな家のすぐ近くに小屋が建っており、その数少ない窓はみな、山腹までずっと続く草地に向いていた。

　その小屋の東へ向いた窓は今は閉まっている。その壁には白いバラがずっと以前から巻き付き、その古枝のこずえを鳴らす山風のほか物音もない。小屋の中の部屋には医者が特別な注意を払って治療していた、か弱い精神病患者が住んでいた。

　ある六月の晴れた朝、小屋の戸の前に少女が立っていた。彼女は戸が開くのを待っているようだった。彼女は医者の娘で、八歳になるネリだ。明るい目の色の彼女はきちんと整った身なりにはこだわらない。夜が明けても髪の毛はもじゃもじゃで、日が昇っても気にしない。彼女は丸い麦藁帽子を低いリンゴの木の枝に懸けていた。その帽子は彼女の頭よりもその木に懸かっていることが多かったので、彼女の顔はよく焼けていた。ネリは待っている間の退屈しのぎに、牧草地を覆っている、燃えるように黄色いタンポポをエプロンにたくさん集めた。それから彼女は楽しそうに、そのタンポポの茎でたくさんの笛を作るのに没頭した。茎から出る汁がエプロンにねばねばした染みを付けた。

戸が開いて、大きな色白の女が外に出て来た。彼女はほんの少しの間立ち止まり、朝日のほうへ顔を向けた。その顔には深い苦しみによるシワが刻まれている。暗い、光のない目であたりを見回したが、まるで夢を見ているように、何を見つめてもわからないようだった。病人の閉じた口には、言葉を発するよりも雄弁な、誰もが心を動かされるような苦難の表情があった。

ネリがその女に歩み寄ると、女のまなざしがその子に落ち、女の蒼白な顔にかすかな喜びが浮かんだ。

「そこにいたのかね?」そう言って彼女はネリの手を取った。

「ええ、ええ。ずっと前から。今日は良い天気ね、ラインまで散歩しましょうか。」

「あなたがそうしたいならね。」病人は気のない返事をした。「だけど私は体がだるくて。ラインまで行けるかしら。」

「ええ。」ネリは自信ありげに言った。「片手で私の肩につかまって、そして私はもう片方の手で杖を持つわ。」

そしてネリは近くの納屋に走って行き、花を全部床の上にぶちまけて、茎の笛のことも忘れて、庭でマメを巻き付かせる支柱に使う長い竿を持ってすぐに戻って来た。女はやっとのことでネリの前に割り込んで、片手を委ねた。

そうして二人は朝日の中を散歩した。麦藁帽子はそのままリンゴの木に懸かっていた。

病人は何ヶ月も前から医者に見てもらっていた。彼女は完全に気が狂っていたが、その後彼女に大きな変化が起きた。彼女は静かになり、彼女の心は明るくなり、自分で身の回りのことをするようになった。しかし心の奥底にはひどい憂鬱があり、また体の力が急速に失われた。彼女が穏やかなときは、主治医である父が命じるように、ネリは毎日看護婦なしで、彼女と散歩をしなくてはならなかった。病人のお供は必ずしも心地良くはなかったが、ネリはこの役目を喜んだ。野や森を歩き回るのが何より彼女には好ましかった。そして彼女には良くわかった、この患者と共通の関心を持ち、生き生きとした会話を保つことで、どれほどこの人が好きかということが。

ネリに言われた通り、病人はネリの肩の上に腕を載せてみたが、うまくできなかった。その上、彼女はネリよりも体が大き過ぎた。しかし彼女はネリの肩に手を載せ、もう片手で杖を握り、力一杯体を支えた。ラインの町よりもずっと手前で、病人は立ち止まり、深呼吸した。彼女は谷から上って来る白い道に目をやり、それから牧草地を抜ける小道を見て、ネリに何やら知りたげな目を向けて言った。

「今日彼は来るかしら、ネリ?」

女が誰を待っているのか、言葉ではっきりと言わなくとも、ネリはまったく驚かずに答えた。「ええ、来るわよ。」その病気の女にとって「彼」というのは他でもないたった一人のことだ。子供たちは言葉で話されなくても、何を意味するのか、鋭くはっきりと状況判断できる。ごくまれに、その病んだ女の夫が訪ねて来ることがあった。しかし女は夫を恐れていた。ネリはよく心得ていた。その男が現れるといつも、女がかすかに震えるのをネリは見逃さなかった。その大きな男の陰険な顔を見るとネリもすぐに逃げ出した。ネリはまた、その女の長男は姿を見せず、悪いことばかりして、母の心労になっていることも知っていた。次男のロベルトは、ネリより年上だったが、その母を頻繁に訪れた。母が愛し、待ち焦がれているのはロベルトであった。

「彼はもういるかもしれない、」女はそう考えた。「もう戻った方が良い。」

「ダメダメ。私たちはまだまだ散歩しなくちゃ。お父さんは一時間と言ったわ。それにロビー（ロベルト）はまだ来ないわよ。彼が来るまであと二時間ある。そして今はまだようやく九時よ。」

「どうぞあなたのお好きなように。」病人は喜んで受け入れた。「でもゆっくり行きましょう。私は疲れたわ。」

彼女は数歩進んで、再びロベルトがやって来るはずの道に振り向いた。

「彼は良い子なのよ、ネリ、彼は素直で、優しい心の持ち主よ。」女は思い返しながら言った、「でも彼はとても怒りっぽい。それは悪いことよ。彼はとても愛らしい手をしてる。あなたも彼に良くしてくれるかしら、ネリ？」

「ええ、ええ。もうそうしてるわ。」ネリは答えた。

そして彼女はさらに少し進み、その道の方へ向き直ったけれども、道にはまだ誰もいなかった。

「ええ、彼は自分の母親に良くしてくれる。」女はさらに言った。「彼は母が好き。でも彼は怒りっぽい。それはちょっと悪いことね。ああ、少し悪いことだ。でも、あなたも、彼の手を取り、愛情を示し、彼を愛してくれるかしら、ネリ？」

ネリは自信ありげにまた答えた、

「ええ、ええ。もうそうしてるってば。」

「彼が来た！」女はまた叫んだ。気持ちが高ぶって、まったく青白かった顔にかすかな赤みがさした。

ネリは、小さな黒い点が道の上にあるだけだと思った。それはロビーであるかもしれないし、他の人かもしれなかった。女はもはや自分を抑えることができなかった。女ははっきりと見ようとした。ネリたちがゆっくりと家まで下りて来るのとほとんど同時に、黒く縮れた髪のすばしっこい若者が丘を登って来た。彼の黒く光る目を女が見つめるやいなや、彼は突然数歩大きく飛び跳ねて、突き飛ばすほどに母に走り寄り抱きしめた。女は額にかかった縮れた髪をいとおしげになでながら、もう一度、活き活きとした声で言った「良く来たね、ロビー。良く来た。」ロビーはネリにも挨拶し、ネリも心から彼を歓迎した。二人は良い友達だった。

母は彼を彼女の部屋に連れて行った。女には彼に話さなくてはならないことがたくさんあった。彼女の愁いに満ちた言葉はほとんどいつも同じだったが、密かな命の火花がちらちらとゆらめくように我が子ロビーに語りかけた。昼過ぎの日光が家の前を暖め、古く大きな梨の木が枝を張り、影を落としていた。病気の母の気が済むまでの間、ネリはそこでロビーを待っていた。小屋から出て来るとすぐに、ロビーは梨の木の下のネリに駆け寄った。

「母さんは言った、君と僕は、いつも一緒にいて、離ればなれになっちゃいけない。ネリは僕の妹みたいなもんだ。君はいつも僕にやさしくしてくれて、そして僕はもう怒りっぽくなったりしない。そうなると良いね、君もそう思う、ネリ？」

「ええ、そうなると良いわね。」

「そして僕たちが十分大きくなったら、」ロビーは熱心に続けた、「僕たちは一緒にカリフォルニアに行くんだ。そこではたくさん金が採れて、欲しいものは何でも手に入る。僕の父さんは言ってた、それが人ができる一番良いことで、ここの生活には価値がないって。」

「だめよ、私はそこにあなたと行くことはできない、」ネリはきっぱりと言った、「そこには蛇がいて、誰も何が起こるか知れないわ。」

「君は僕と一緒に来なきゃだめだ、絶対。」ロビーは夢中になって叫んだ、「絶対。」

「ロビー、」ネリは断固言い返した、「私に命令しないで。なおさら嫌になるわ。」

「わかったよ。じゃあ、じゃあ、じゃあ、」しかしロビーは怒りに言葉を忘れて、拳を握りしめて真っ赤になって立ち尽くした。

一瞬ネリは挑みかかるような目付きで彼を見て、突然彼の拳の片方を両手でつかみ、心のこもった声で言った、

「ダメよ、ロビー、私たちはまた仲直りしましょう。だからそんなに怒らないで。」

彼の怒りはすぐに収まった。ロビーはネリの手を取り、おだやかな声で言った、「ああ、そうしよう。でも、君はもう僕のことを怒ってないかい？」

「いえ、いえ。それにひょっとしたら、あなたと一緒にカリフォルニアに行かないこともないかもよ、」ネリはロビーが平静さを取り戻したことに喜んだ。「それよりもっと良いことを知ってるわ、来て、ロビー。」

ネリは梨の木の裏から森の端へと続く小道に少年を導いた。ネリは野原を横切り、大きなブナの木のほうへ向かった。その先には、まるで緑の貯水槽のように、少し窪んだ草地があり、日光に暖かく照らされていた。

「こっちよ、見て！」ネリは叫んで、その窪地にひとっ飛びした。ロビーはあとから飛び込んで、地面の上をとても驚いて眺めた。日の光を浴びた、薄暗い緑の茎の合間にきれいなイチゴがなっていた。甘い香りがロビーのまわりに漂っていた。

「これをみんな集めて、それから坂に座って食べましょう。」そう申し出るやいなやネリはその仕事にとりかかり始めた。ロビーもけなげに手伝った。そうしてわずかな時間でネリのエプロンは葉や茎とともに、大きな柔らかいイチゴでいっぱいになった。

ネリはすでにどこで食べるのが一番良いか知っていた。ネリは坂のふちをよじ登り、その上で草地にしっかり足を伸ばして座った。ロビーはネリの隣に座った。食事の時が始まり、安らかに終わった。

高いブナの木がゆらゆら揺れて鳴り、新鮮な風が野の上を吹いた。日光は萌え出でる大地を慰め、こずえではクロウタドリが甘い声で歌っていた。草花の香りがただよう中で、子供たちは黙って耳を傾け、座っていた。

「私、ずっとこんなだったら良いのに、って思う。」ネリは目覚めたように言った、「そして今以外のことなんか望まない。」

「僕は違う。」ぎらぎら光る目に暗い影と嵐の雲を浮かべて、ロビーは言った。

「じゃああなたは何を望むの、ロビー？」

「僕は母さんに家に帰って欲しい。病気が治って欲しい。母さんがいなくなってから家はダメになった。僕はもう家にはいたくない。そして母さんが家に戻れないんなら、母さんの病気が治らないのなら、クロウタドリなんて鳴かなきゃ良いと思うし、僕も死んだほうがましだって思う。」

ロビーはそう言いながら辺りの草をかきむしり、目に大きな涙を浮かべた。

ネリは陽気に、しかし泣きべそをかきながら言った、「ああ、ロビー。もう泣かないで。あなたのお母さんは必ずすぐに良くなって家に帰れるわよ。私は父さんが言っているのをじかに聞いたの。彼女はすぐに完全に回復するって。ねえ、私はあなたに贈り物があるの。見て、これは私が自分で描いたのよ。」ネリは幾重にも折り畳んだ紙をポケットから取り出して、徐々にそれを広げていった。そこには帆を張って、たくさんの船乗りが乗り込んでいる一艘の船が描かれていた。すべてが燃えるように鮮やかな色だった。空と海はみずみずしいスモモの実のような濃い紫色で、広い帆は輝く黄金色で、すべては太陽に照らされた色で描写されていた。船酔いしている人もいない。みんな頬を紅潮させている。ロビーはその眺めにうっとりとした。

「でも、ずいぶんたくさん色が必要だったようだね、ネリ、」彼は叫んだ、「そして本当に君はこの船の絵を僕にくれるのかい？」

「ええ、もちろん、」ロビーのうれしそうな目を見て、ネリは楽しげに答えた。そして突然、面白そうなことを思い付いて、ネリはさらにはずんだ声で言った。

「そしてあなたに色が全部そろった絵の具箱をあげましょうか？」

ロビーは驚きの余り光る目を見開いて、興奮した口調で聞いた、

「でもネリ、君は後悔しないかい？」

「いえ、いえ、」ネリは自信に満ちて叫んだ、「でもあなたはいつもニコニコほほえんで、家に帰るときにももう悲しくなったりしないわね？」

ロビーはいつもそうすると約束した。ネリも機嫌を直した。ロビーは飽きることなく自分の船を見つめた。

「見て、ネリ、」彼は絵を観察しながら言った、「これは僕らがカリフォルニアに行く船だよ。そう、まさに移民船だ。」

新世界に移民する人ってどのくらいいるのだろう、もっと詳しく知りたいな、とネリが考えていると、森を通り抜けて、遠くから角笛の音が聞こえた。ネリは飛び起きた。

「あれは仕事をしてる人たちに夕ごはんの時を知らせる角笛よ、」ネリはあわてて叫んだ、「さあ、私たちは戻らなきゃ。あなたは今日はもうおうちに帰らないと、ロビー。」

ロビーの顔に再び雲がかかったが、彼は我慢した。彼はもう一度自分の船を見て、紙を丁寧に折りたたんで、ポケットにしまいこんだ。手に手を取って子供たちは飛び跳ね、明るく笑い、髪の毛をくしゃくしゃにしながら丘を駆け下り、古い梨の木のそばを通った。そこには青ざめた顔色の女が立っていた。女は子供たちを見つめ、彼らは手を取ったまま、喜びにあふれた顔で女の前に立つと、すでに長い間喜びが失われた女の目にほのかな喜びのきらめきが戻ったようだった。女はみんなで家に入った。ロビーは夕食を食べに梨の木のそばの狭い道をたどって一人で家に帰らなくては

ならなかった。女は再びロビーの頬をなでながら言った、

「かわいそうなロビー、かわいそうなロビー。」

ネリは家の外へ走り出て、急いでロビーのカバンへ何かを入れた。

「絵の具箱を忘れるところだったわね。」

子供たちは手を取り、ロビーは山を下り始めた。坂道の最初の踊り場まで来ると、彼は引き返して来た。母は道の上にまだ立っていて、体を支えていたネリの肩から手を離した。二人は見つめ合った。ロビーは一瞬決心が付きかねたが、やはり帰ることにした。

「さようなら、母さん。さようなら、ネリ。」彼はもう一度そう言うと、女は手を伸ばした。再び母はやさしく額や頬へ手を伸ばし、再び哀愁のこもった声で言った。「かわいそうなロビー。」

ロビーは今度は勢いよく走り出した。何度か飛び跳ねて丘をくだり、教会の墓地の角を曲がって姿を消した。

それから三日経った朝、ネリは彼女の父が早足で小屋から帰って来るのを見た。ネリの母は急いで彼のところへ行き、ネリは二人のそばに立った。

「彼女の容態が急変した、」と父は言った。「彼女の力は失われたが、意識ははっきりしていた。彼女は静かに祈っていた。最後の言葉は、『かわいそうなロビー、』だった。」

ネリは心にナイフが突き刺さったように感じた。ネリには何が起きたのかはっきりとわかった。

ネリは庭の後ろの牧草地へ行き、地面に倒れて、草に顔を埋めて大声ですすり泣いた。

凍えるような北風が吹いて明けた日の翌日の晩、ネリは家のドアの前の敷居に立って、何かが近付いて来るようだと思った。しかし彼女が見たのは誰も乗っていない馬車であった。それは農夫たちが乗るようなものだった。ネリはその見知らぬ馬をじっと眺めた。誰の馬かしら。梨の木のほうから、突風に混じって押し殺すようなすすり泣きが聞こえた。それはなんどもなんども聞こえて来た。ネリが梨の木のところまで来ると、そこにはロビーがいた。顔を腕に埋め、幹にもたれかかって、息が詰まるほどひどく泣きじゃくっていた。

「ああ、ロビー。ああロビー。どうやってここに来たの?」ネリはすっかりショックを受けて叫んだ。「なぜ家の中に入らないの?」

ロビーは長い間話すことができなかったが、ようやくとぎれとぎれに話し始めた。「その馬車で母さんは連れて行かれるんだって、僕は聞いた。後をついて来たんだ。」

「家の中にいらっしゃい、ロビー。そんなに泣かないで。」ネリは悲しさでそれ以上話すことができなかった。ネリはロビーの手を取って導こうとしたが、彼の心は砕けていて、動こうとせず、泣いてばかりいた。

車輪の音が聞こえた。馬車が道をたどって小屋に到着した。ロビーは顔を腕に埋めて引き返した。突き通すような声で彼は言った、「見て。見て。」

馬車の上には柩が乗っていた。それはちょうど子供たちの前を通りがかった。ロビーは大声で泣いた。馬車は丘を下って行った。

夕闇の中、ロビーは全力で柩を追いかけた。ネリは彼の大きな泣き声を聞いた。ネリは身動きせず立っていた。車輪の転がる音は遠ざかって行った。辺りはだんだん暗くなり、家の周りに風が絶え間なく吹いて、古木の枝を揺らした。ネリの腕を柔らかい手が触れた。それはネリのようすを見て心配していた母の手だった。「さあ、おまえは我慢ができないの?」優しい声が言った、「こちらにおいで、どうしたの。」

ネリは深くため息を付き、何かを言おうとした。ネリは母の近さを感じ、ロビーの悲しみを感じた。ネリは母に身を投げ出し、やっと口をきいた。

「ロビーはお母さんを連れて行かれた。」

ネリの母は何が起きたかすべて知っていた。母はそれ以上何も聞かなかった。母はネリを寝床に連れて行き、ネリを落ち着かせた。

その夜、家が静まり、みんなが目を閉じたあとにも、ネリは枕の中で泣いていた。

大人たちのように、子供たちの目にもすぐに明るさが戻っても、時おり子供らは言葉にならない心の痛みを感じることがある。それは胸をえぐるような、いつまでも決して変わらない苦しみである。ネリの目もすぐに明るくなった。しかし他の子供らと一緒にかくれんぼをしていて、ネリがあの梨の木の幹に腕を押し当てて顔を埋めると、鋭い矢のように、思い出がよみがえって来て、身動きができなくなるのだった。他の子の一人がかくれんぼを続けようと、ネリを木から離そうとすると、ネリは押しつぶされた声で、「ほっといて。私をほっといて。私はもう遊べない。」と言うのだった。

【二】

十年が過ぎた。イチゴが生えた緑の裾野は秋の柔らかな日差しを浴びていた。最後の山おろしの風が古いブナの木の黄色い木の葉の間と、刈り取られた草地の上を吹いた。その斜面に夢中になっておしゃべりしている二人の若い少女が歩いて来て、六月になると毎年赤いイチゴが茎とともに生えるまさにその場所に、彼女らは座った。二人のうちの一人はネリだった。ネリはほかの子供たちと同様に十年間ですっかり変わっていた。ネリも多くのことを学んだ。晴れた日には麦わら帽子をリンゴの木にかけっぱなしにせず頭にかぶるし、森や草地に生えているものを見境い無くエプロンに詰め込むこともない。ネリは一人の大きな力強い少女になったが、その背の高さの割には目立たない存在だった。

ネリはいつも社交的で、たくさんの親しい友がいたが、とりわけ、今一緒にいる、山育ちの生命力と野性味にあふれた、志の高いザラという名の女友達に、ネリは心から惹かれていた。最初ネリはザラと、高い山の上の、岩に囲まれた、彼女の故郷で出会った。ネリは父の家に帰省するときに、その岩山の上にある療養所へ、仲間たちに頼まれて病人を連れて行くことがたびたびあった。ネリがそうした機会にザラに出会って、それからちょうど一年が経ったが、彼女と初めて会ったときの記憶が今もネリの心の中で鮮やかだった。明るい夏の夕べに、多くの仲間たちと連れ立って、山の上の森の湖を散策した。日の光も月の光も差さないほどに、湖の上を松の木の枝が覆い、ただ辺りには暗いこずえと、流れのない暗い湖面だけがあった。娘たちは岩の下にキャンプを張った。そこはあちこちで樹木の厚い枝を通して日光が差し込み、黄金の明るい光の細い筋が緑の苔の上をちらちらと照らしていた。

少女たちはみな快活だった。特にザラは一番楽しげだった。立て続けに気の利いた言葉が頭に浮かび、愉快な思い付きが口からあふれ出て来た。仲間たちは感動と尽きることのない朗らかさに包まれた。人々はまず彼女に笑わされ、そしてどうしても感動させられてしまうのだ。みんながそれぞれ森の中へ散って行った後、ネリは、ザラとその場に残り、木にもたれて、ぼんやりと辺りを眺めながら、深く物思いにふけった。ザラの顔から笑いは消え、彼女が生まれ育った山の中の湖のように深い影を瞳にたたえた。誰にもましてネリは、ザラの外面より、その心の深いところに関心を寄せた。ザラもまたネリに他の誰よりも興味を持った。二人はすぐに親密になり、山で別れたあとも交際を続けた。今二人は寄り添って座っているが、もう余り時間が残されていなかった。ザラがネリといられるのはあと一日しかなかった。これから故郷を離れ、ドイツ各地を巡ったあと、そこに住む親戚の家で、約束の期日まで滞在することになっていた。ザラにとって、そのドイツでの滞在がどんなに楽しみで、また有意義なものだろうか。「山国の奥では、渓流は岸の岩に水しぶきをかけながら荒々しく流れるけれど、私の親戚の家があるライン川の下流では、灰色の水がゆっくりと、豊かに、美しく流れるの。」ザラは活き活きと、鮮やかに、彼女がその家について見知っていることを物語り、ネリはその話をわくわくしながら聞いた。ネリはまるで自分の目で見たかのようにありありと心に思い描いた。ライン川に面した窓には緑の蔦が絡み、その窓の中の部屋では気品のあるおかみさんが早朝、膝に聖書を載せて座っている。また娘のエンマは、ザラの一番の友でもあったが、優れた気質で、まなざしが感情豊かな、気の利いた少女で、ネリはエンマに一度も会ったこともないのに、彼女のことが何年も一緒に暮らしたほどに良くわかった。ザラは、自分が友人らとどれほど親しいか、自分の話がどれほど人々に心から受け入れられ、個人的な付き合いを通じて心が通い合っているか物語った。また、エンマの弟で若い神学者のハインリヒにネリは非常に関心を持った。ザラは彼のことを良く理解していた。彼は恥ずかしがり屋であったが、自分に対しても他人に対しても、高い理想を要求する人を尊敬しており、それゆえ自分の母や姉の生き方を愛している、とザラはネリにたびたび話して聞かせた。

「でもあなたは世の中の明るい面ばかりを見て来たのね、ザラ。」ザラの話を最初はただ黙って聞きながら、考えごとを巡らしていたネリは言った。「あなたが学んで来たこと、あなたが完璧に理解したこと、あなたが手にしたもの、成功したこと、あなたの人生のなかで出会った理想的な人たち、そしてあなたが愛して、今も付き合ってる人たち。すべて素晴らしいことだわ。」

「ええ。そうねその通り。」ザラは少し考えこんだあとに言った。「すごく良いことだと思ってる。彼らは他には考えられないほどに理想的で思慮深い人たち。でも、私はあの人たちと一緒に生きていくことはできない。彼らにはみなちょっと変なところがあって、それで私は彼らからいくらか距離を置いてるの。」

「えっ？　何が？」ネリは熱心に質問した。

「そう、あなたわかる、彼らはみんなとても信心深いの。彼らの父親もやはり、とても敬虔な男として知られてる。みんなそう。一日もかかさず、友人らといつでも一緒に集まって語り合えるようにと、宗教的な生活に没頭してる。私には相性が合わないわ。」

「おかしいわね。どうしてもあなたに一言言わなきゃ気が済まないわ。」少し考えた後でネリは続けた。「私はあなたの友達が気に入った。もし天国に私たちの神様がいるのならば、困ったときにはいつでも私たちは彼を呼ぶことができる。どんな言葉でも考えでも、神様は見てるし聞いてる。私たちがそのことをいつも意識してるのが唯一正しい生き方よ。いつも行儀良く、礼儀正しく生きるのは窮屈なことでしょうけど、でも私があなたの友達をとても理想的だと考えてるのはそこよ。」

「でも私はいつも少し彼らを恐れてるのよ。特にハインリヒのことを。彼は私が知る限り、最も高潔な人物だわ。彼のすべての行動や考えにいつも崇高な目的があることもよく知ってる。でももしかしたら彼が私に近付いて来て、決定的な影響を私に与えるんじゃないかと今私は心配なの。彼が行こうとしてる道は私よりもずっと狭くて、彼は私の美しくて豊かなこの世の人生を小さくしちゃうかもしれない。そしてこの美しさに満ちた、広く素晴らしい世界の楽しさをつぶしちゃうかもしれない。」

ネリはしばらくの間深く物思いにふけり、ザラに言った。

「ザラ、大好きで尊敬できる友人から直接楽しみを感じられることが、人生の価値のすべてじゃないかしら。そのほかに何か貴いことがあり得る？　楽しみを与えてくれる人の人格を抜きにして、楽しみだけを得られると思う？　天国の神様を信仰してる人々の体験というものも、そうしたもんじゃないかと思わない？」

ザラは即答した、「私は私の人生の価値を失いたくないし、それを何かと引き替えにして貧しくなんかなりたくない。」

夕日が金色の輝きを静かに揺れる麦の穂に投げかけた。辺りは静かになった。そしてときどき遠くに群れている牛のベルの音が聞こえて来た。ザラも静かになり、何か別のことをぼんやりと考えていた。

「ああ、ザラ、」ネリはしばらくして言った、「普通の人は、自分にとって一番大事なものを、世の中のいろんな楽しみと交換しようなんて考えたりしない。私はここに座って夕日に照らされた山裾を見てると、胸が締め付けられるような思い出がよみがえってくる。」

ザラはネリが考えていることを熱心に知りたがった。そこでネリは、自分の知っていることを、かわいそうなロビーが彼の母の柩とともに、ネリの目の前から消えて行った時までのことを物語った。

「それで？　それからどうなったの？」ネリが口を閉ざすと、ザラは興奮して聞いた。

「それ以来、ロビーがどうなったか、何一つ聞いたことがないわ、」ネリは続けた。「母が死んでしばらく後に、ロビーの父は家を売って、息子たちと一緒に行方をくらました。彼の父はもともとうす気味悪い男だった。誰もが彼を避け、誰も彼に近付かなかった。そういうわけで誰も彼がどこに行ったか知らない。その親子はアメリカに渡ったんじゃないかって言われてるわ。その父親は近くの人里離れたところで自殺して、子供たちは孤児になったという怪しげな噂を後から聞いた。」

「それであなたは、そのかわいそうなロビーっていう子の母親の柩が運ばれて行った晩以来、彼のことは見てもいなけりゃ聞いてもいないってわけ？」

「ええ、全然。どんなに私たちが調べたり聞いたりしても、何の手がかりもないの。」私は、ゲーテの悲劇『タウリスのイフィゲニー』の中の一節「老いたタンタルスの親子はその夜以来幸せに暮らした」を読むといつも、ロビーと、彼の不機嫌で大きな父が目の前に浮かぶ。かわいそうなロビーが、あの晩以来、もう一度喜びに目覚めますように。

　夜風が木々に吹いた。まだ、芝生が沈み行く太陽に金色に照らされていた。空高く、南へ渡って行く鳥の群れの羽音が丘の上に聞こえた。

「ああ、ネリ。ここはとてもすてきなところなのに、あなたの悲しい話がだいなしにしちゃった。私はその話を知らなきゃ良かった。」

　同じ日の夜、二人は、末永い交友を誓って別れた。翌年の夏もネリはザラの故郷の山を訪れて、彼女と一緒に高原の森の小道をさまよい、夏の夕べには湖のほとりの赤松の古木のざわめきを聞きながら、涼しい岩場の上で夢想にふけろうと思っていた。六月にはすでに、やぶの中に野バラが咲き、野イチゴが赤い実をふくらませた。ザラはネリに書いてよこした。「休暇をひとまとめにして、少し帰省を早めるかもしれない。というのは、夏の終わり頃に故郷を離れて、以前山で知り合いになったリーフラントの婦人の望みに応じて、婦人に同伴してイタリアに旅行し、冬は彼女と一緒にナポリに滞在しようと思ってるから」と。冬の灰色の岩山から一転、日光にあふれた南国への旅。まあザラはなんて素晴らしい機会に恵まれたのだろうとネリはうらやましく思った。

　七月の太陽が谷底の地面を暑く照らす頃、ザラとネリは山の上の薄暗い湖のほとりで、赤松の密やかなざわめきを聞いていた。そこはまるでまだ誰も足を踏み入れたことのないような、ひっそりとしたところで、暗い木立の上には明るい青空と遠くのとがった岩肌の尾根が見えた。明るく暮れがたい夏の夕べ、二人は赤松の倒木に腰をおろして、互いの考えを分かち合ったり、何も言葉を交わさずにただ時を過ごした。ネリはザラからラインラントの話を飽きることなく聞いた。か弱いエンマは胸を患っている兆候が見られ、すでに三人の子を亡くしたおかみさんの大きな歎きになっていた。彼女はザラを頼りにしており、心配ごとも楽しいこともなんでも書いて送って来た。エンマもたびたびザラに手紙をよこした。ザラはエンマを心から慕っていた。彼女はラインラント育ちの良家の子女たちの常として、さまざまな苦労を体験してきた。弟のハインリヒは彼の故郷の近くに副説教師として働いていた。彼は地元で非常に高く評価され、また愛されていたので、彼はすでに常勤の牧師のように見なされていた。ハインリヒもまた、ザラにいつも親しみを込めた手紙を送った。

七月の終わりとともに、ネリが山に滞在する日も終わりに近付いた。ザラとネリはもう一度、夕べに森の路傍にある赤松の倒木に座り、近くのこずえを風が揺らす音を聞き、山の上で輝く太陽が雲を赤く染めるのを見ていた。日曜の夕暮れ、誰にも邪魔されることのない日曜の静けさの中、二人は黙って座っていた。ただ森のざわめきだけが、静寂を妨げることなく鳴っていた。すると突然、森の中から大きな声が響いた。呼んだり答えたり、歌ったりした。湖のほとりの細道を男の子たちの一群が近付いて来た。ザラとネリはその独特な、半ば憐れで、半ばこっけいな歌を聞いていた。

それは、人間や動物たちのさまざまな孤独を歌っていた。歌はとても荘重な響きで、次のような言葉で締めくくられた。

世界の海には
大きな魚が
ヤァヤァ、
クジラやサメが棲んでいる。

男たちが通り過ぎると、ザラは大笑いし始めた。

「大きな寂しい魚たちの悲しみをほんとにうまく表現した歌だったじゃない。」

ネリは何も返事を返さなかった。彼女は男の子らがたった今去って行った道を見やっていた。

「ネリ、」ザラは叫んだ、「あなた、今まさに、クジラとサメが出てくる世界の海の光景を、目の当たりにしたような表情をしてるよ。」

「ザラ、」ネリははっと我に返って言った、「あの男の子たちを見た?」

「ええ、もちろん。何?」

「あの、黒い縮れた髪の男の子の目なざしはまさしくロビーだったわ。ロビーが通り過ぎたのに違いないわ。」

ザラの顔から笑いが消えた。「なんですって、ネリ、」彼女は驚いて言った。「どうしていきなりロビーがここに姿を現すのよ。あのかわいそうなロビーがどうして今時分、この辺りにいるのよ。そんなことは考えたくない。私はあの男の子たちの中の一人をオーバーラントの町で見かけたことがある。彼はとても嫌なやつで、乱暴な山の子たちの中でも一番喧嘩っ早い子よ。」

ネリは何も言わなかった。

山の上はすべての光が消えた。暗いモミの森の上に暗い岩山がそびえ、夕べの静けさの中にフクロウの鳴き声が岩間にこだました。

「ああ、もう、」ザラは突然、いらいらして叫んだ。「どうしてそんな妄想に囚われてるの、ネリ。どうしてここにロビーが現れなくちゃならないの。むしろカリフォルニアのブドウ棚やイチジクの木の下に彼は座ってるって思いたい。そのほうがずっとあり得る話じゃない。ねえ、さあ機嫌を直して。」

しかしネリは沈黙したままだった。二人は家に帰った。ザラの仕事机の上に黒い縁取りをした手紙が置いてあった。それはラインラントから届いた、おかみさんからの短い手紙だった。エンマの状態が悪化し、心臓に病気が見付かり、突然死んでしまったのだ。その簡潔な文面は言葉にならない叫びを表しているようだった。最後におかみさんは、子をうしなった寂しい家に来て自分を慰めて欲しいとザラに頼んだ。その日曜日から二日経った後、ネリは自分の家に戻った。それからまもなく、ザラはラインラントへと旅だった。イタリア旅行はキャンセルしなくてはならなかった。

【三】

ネリはラインラントにいるザラからたびたび消息を記した便りを受け取った。亡きエンマの友達からの暖かい愛情のこもった励ましが、かつては子だくさんだったおかみさんを喜ばせ、慰めた。晴れた日には息子のハインリヒが近所の教区から二人を訪ねて来て夕べをともに過ごした。ザラは彼と親しくなり、彼を観察すればするほどに、彼を高く評価するようになった。しかしおかみさんとハインリヒの信心深さに対する昔からの恐れはますます強まっていくようにザラには思われた。ザラの心の奥底に根ざす強い拒絶反応のようなものをネリは感じた。

ザラとおかみさんとハインリヒの三人の間の違いについて、ザラはたびたび手紙に書き記した。ザラには根本的に二人と相容れず、決して安らぐことのできない点があるようにネリには思われた。あるときザラはネリに次のように書いてよこした。「誰とも意見を合わせず、自分だけの確信に従って、常に自分の行動を律しながら生きてる人と一緒に暮らすのはとても苦痛だ。ハインリヒのように、言葉と、行動と、考えが完全に一致している人を私は知らない。彼は自分の意見を私に押し付けようとしてるわけじゃあない。逆に、彼はいつもとても謙虚で、しかも同時に断固としてて、常に一生懸命で、私はそれで彼に腹を立てることもある。彼がどんな人にも決して暴力をふるうような人でないことを知らなければ、私は彼を恐れるだろう。彼はどんなに気に入らない人に対してしても特別な同情を持ってるように見える。私たちが何か宗教的なことがらについて話すときにも、いつも私たちはものわかれになる。私はいつも打ちのめされて、身動きが取れなくなる。昨日の夜、私はハインリヒと、聖書の矛盾する真理について話をした。それはいろんな本のあちこちに見かけるような文句で、おおよそ真実を含んじゃいるけれどもそのままの意味には受け取ることができないような言葉だ。例えば「すべての人間は嘘付きである」とか。ところがハインリヒは平然として言った、「ある人が決してこれまで嘘を付いたことがないことをどうやって証明できようか。他人のことは正確に知ることができない。ただ自分のことだけは本当かどうか、はっきりと言い切ることができる。」そう言って彼は私の目をまっすぐにのぞき込んだ。私は、私よりも私のことを良く知ってる、裁判官の前にいるような気持ちになった。そして今までずっと忘れ去ってた、小さな悪事や、或いはとても大きなやましいことなどがたくさん思い出されてきた。私はとても困惑して腹を立てて言った、「でもそんなにものごとを何もかも律儀にとらえる人がいるかしら。」「いない。」彼はまた落ち着き払って言った、「私たち人の子は、自らの過ちを直視できない。過ちは私たち同胞を損ない貶める。過ちを見つめれば見つめるほどにそれはますます深い意味を持つようになる。私たちの主は厳しく私たちを見ている。私たちも自分を直視すべきじゃあないか?」私は痛いところを突かれた気がして、それ以上言葉が出なかった。ハインリヒとおかみさんはやさしかった。おかみさんは私の手を取り、言った、「我が子よ。私たちはみな罪人であり、神の栄光に飢えている、と言うでしょう。神の栄光ほど素晴らしいものはないのよ。」

「ねえ、ネリ、」別の手紙にはこう書かれていた、「この世でハインリヒほど、私の心臓に突き刺さるような真理を話す人はいない。彼の言葉は非難や判決のようには聞こえず、体に痛みのように入って来る。彼が人間に不正や欠点を見るとき、それは彼の心を深く悲しませるようなの。」

九月の終わりにまた一つ長い手紙が届いた。ザラは、冬までラインラントにいるはずだったのだが、故郷に帰ることを決意した、というのである。

ザラは書いた、「もうこれ以上長くおかみさんの家に留まることはできない、私は絶え間のない不安と混乱の中にいて、自分自身を見失った。私は今の環境からいったん解き放たれて、自分自身を取り戻さなくてはならない。

私はあなたに話しておかなくちゃならないことがある。それは先日の出来事で、私はそれ以来、心から離れず苦しんでる。あなたは知ってるかしら、Dにある美術学校には私の兄の友達がいて、そこで大きな歌の祭りが、こないだの日曜日に開かれたの。兄の友達は私を迎えに来ようとした。私が土曜日にそのことをハインリヒのいる前でおかみさんに伝えたら、彼はすぐに言った、『朝から出かけてはダメだ、午後からならば行ってもよかろう』と。でもそれじゃ私の日曜日はだいなしになってしまう。私は自分のやりたいようにすると言った。すると彼はかなり憤慨したようすで言った、『あなたにはおそらく想像できないだろう、そこがどんなに騒々しく落ち着きのないところであるか。あなたは日曜日に、そんなやかましい音楽を聞きに行くくらいならば、自宅で歌など歌いながら静かに過ごしたほうがずっと満ち足りるはずだ。それにあなたは母をほったらかしてはいけない。』と。でも私はハインリヒの異議を聞き入れなかった。私は腹を立てながら言った、『私は私の日曜日を楽しむ。私は何も悪いことをしようってわけじゃない。』彼はもう何も言わなかった。

朝、兄の友達が私を車で迎えに来た。私たちは日曜の朝、車でドライブして、教会の朗らかな鐘の音が聞こえて来て、人々はのんびりと散策を楽しんでた。でも私は車に乗っててもちっとも楽しくなかった。家に帰った方がましだと思った。夕方に、私たちは車で家に帰って来た。男の子たちはとても賑やかで、他にも二人の学生が、一人は車に乗り、もう一人は馬車に乗って、半分笑いながら、半分ふざけながら、みんなで声を合わせて祭りの歌を歌った。私たちはハインリヒがこちらに向かって歩いて来るのを見た。彼は午後をおかみさんと一緒に過ごしたのだ。彼は挨拶して静かに私たちの側を通り過ぎた。私はまったく不愉快になった。彼はとても不機嫌そうに見えた。何かすべて私の責任のようで私はまったく楽しめなかった。ハインリヒはその日のことについて何も言わなかった。ただもの静かで、そして何よりも残念そうに見えた。

私は故郷に帰りたい。ここでは私はみんなを不幸にしてしまう。おかみさんもすっかり陰気になってしまった。私の不確かで落ち着きのない行動が、しっかりとして平穏な人たちを苦しめてしまう。もう我慢の限界だ。」

十月にザラは故郷に帰った。

冬が過ぎ去ろうとしても、ザラは仕事に忙しいのだろうか、ほとんど何も書いてよこさなかった。木々に緑が戻り、新しい命が芽吹く春に、やっとザラからの便りがネリに届いた。それは、ハインリヒが急死したという知らせだった。手紙には、おかみさんが歎いているということが、簡単に記されているだけだった。

ネリはお悔やみの手紙をザラに書いた。ザラにとって、そしてまたしても我が子を失ったハインリヒの母にとって痛恨の出来事であるはずだった。ネリは若いハインリヒやエンマがどんな病気でどのように亡くなったか、詳しいことを知りたがった。ネリは長い間そのことに非常に関心を持っていたから。

秋が来て、木の葉が色付き、芝生に最初のサフランが咲くまで、ザラから何の返事も届かず、ザラの友達からも何の知らせも聞かなかった。ある朝ネリは丘を越えて来る慣れ親しんだ姿を見た。それはザラだった。

「ネリ、あなたに返事を書くことができなかったのよ、」最初に挨拶の言葉を交わした後で、ザラは言った、「余りあなたに話すことはできないけど、その代わりにあなたに会いに来たわ。」

　ネリはその良く見知った、青黒い瞳をのぞきこんで、彼女の見慣れた陽気な笑顔を探した。しかし彼女の顔は憂鬱そうな影が差していた。

「ずいぶん長い間あなたは私に返事をしなかったわね、」ネリはやっと言った、「あなたはずいぶん悩んでるようね。私にすべてを話してくれない？」

　ネリはザラを秋の景色がよく見える窓辺に連れて行って座らせた。

「私は話せない。」

「いったいどうしたというの、あなたが理解できないわ、ザラ、」ネリはザラを見つめながら言った。

「ええ、あなたは私を理解できないでしょう、あなたは私を何も知らなかったのだから。ネリ、私の人生は何もかもが間違いで、罪深くて、偽りだった。私は自分勝手で、嘘付きで、うぬぼれ屋だった。私は誰も好きになったことがない、自分自身でさえも。私は私が気に入って、私を楽しませてくれることだけを探し求めてきた。そして私を不愉快にさせ気に入らないことは押しのけて見ないふりをしてきた。他人を悲しませるかどうかなんて考えてもみなかった。つらいことからはみな逃げて来たし知りたくもなかった。私に楽しさや利益を与えてくれないことには何の関心もなかった。」

ザラは話すのをやめた。彼女の目は輝いていたが、しかし昔のような喜びはなかった。彼女は興奮して理性をなくしているように見えた。ネリは何が起きているかわからなかった。

「ああ、ザラ、」ネリはやっと口を開いた。「あなたはものごとを厳しい目で見過ぎるのよ。あなたの言うことは、常軌を逸してるわ。亡くなったエンマのために、あのイタリア旅行をあなたがすぐに諦めたのも、自分にやましい気持ちがあったからなの？」

「ネリ、」ザラは激しく言い返した、「もうあなたは黙ってて。私はあなたを裏切りもするし、だまくらかすことだってできる。自分でそう悟った。私は今も昔も、悪事を企んでる。そのことが、昼も夜も私を責めさいなんでるのよ。」

「そんなにいつも自分のことを考えないで。まるで病気だわ、」ネリは何か忠告できないかと考えながら言った。

「自分のことを考えるなですって？　自責の念と、後悔と、名付けようのない歎きが、いつも私の心をむしばんでる。なのに自分のことを考えずにいられる？」ザラは叫んだ。

「いつからそんな考えに苦しめられるようになったの？」

「ああ、ずっと以前からよ。ラインラントから自宅に戻った年からもう、私は意気地無しだった。私は、誠実な人、高い理想を目指す人、謙遜して罪を告白し苦しむ人たちと一緒に暮らしてきた。彼らは決して誰かにそんな生活を強いられてるんじゃないのに、喜んで彼らの理想に献身してる。

鏡の中をのぞきこんでも私にはまったく安らぎがない。故郷に帰って、私は一人ぼっちで、静かに考え、はっきりと自分自身を見つめることができた。私はすべてのことに疲れ果ててしまった。他の誰よりも私に親切に接してくれたハインリヒに私はひどい仕打ちをした。私はできる限り良いことをしようとした。私はハインリヒに自分がどんなに苦しんでるかってことを伝えたかった。そして彼に心から謝りたかった。でも彼の死の知らせが届いたとき、私は心臓に雷が落ちて燃え上がったような気がした。そしてそれ以来その炎が私の中で燃え続けてる。」

ネリの慰めの言葉はザラには響かなかった。ザラの気を落ち着かせようと言った言葉はよけいに彼女自身の責任を自覚させた。ネリは心痛の余り言葉を失った。ザラのかたくなな性格には何もかも役に立たなかった。

二人で別れの握手をしたとき、ネリが言った、

「あなた、また私に手紙であなたのことを知らせてくれるよね?」

「いや、無理よ、何を私があなたに書けると思う? あなたにもわかるでしょう。さっきあなたに言った通りよ。」

ザラの言葉はそこで途切れた。

ザラからの直接の知らせが途絶えて二年が過ぎた頃、やっとザラはネリに消息を伝えてきた。ザラは実家をしばらくの間離れて、看護婦としての勉強を基礎から学び、そして看護婦として生きて

いくために、Kという看護婦の学校に行くというのである。
あのザラが看護婦になるなんて。すべての苦しみから逃れるために？　ネリにはどうしてザラがそんなことを思い立ったのか、そしてこれからどうなるのか皆目見当が付かなかった。年月が過ぎてネリは父の家を離れ、近くの町に嫁いで行き、そこで普通の人間の暮らしを始めた。ザラに対しては昔ながらの気持ちを持ち続け、いろんな手段を見付けては、彼女の近況を知ろうとした。ザラはまったく自分の仕事にかかりきりになっているように思われた。彼女の実家から伝わって来る言葉は短く、新しい仕事にますます興味を持ち始めたように思われた。
数年後、ザラが求めに応じて彼女の実家の近くの小さな病院をときどき手伝うようになり、さらに正規に就職したと聞いて、ネリはうれしかった。ザラの仕事には熟練の力が必要とされるのだ。

【四】

七月の太陽が高原の赤松の枝葉をじりじりと焼いていたが、その日差しは水の流れもない湖面までは届かない。森の木陰の小道は鬱蒼としたモミの茂みの中を見え隠れしながら縫うように走り、ネリはその森の中をさまよい歩いた。山道の先には切り立った岩山がそびえている。ネリはその麓に立つ病院を眺めた。ネリは今日このザラが働いている病院を訪問することになっていた。ネリには町の古い病院で担当している患者がいる。彼らはさらにもっと山の上の温泉で、慢性の病を治療するために数週間滞在することになっていた。患者らにとってザラはたった一人の友だちだ。ネリは今日このザラの病院に一泊して、翌日山の療養所へ向かうと、自分の患者たちには説明してあった。彼女の看病を必要とする病人たちとともにそこでしばらく留まり、そのあと町に戻ればやはり長期の仕事が待っている。ネリは、ザラの病院に滞在するのは一晩だけで満足するしかなかった。

普通の旅行者もときおり休憩しなくてはならないほどのきつい坂をネリは夕日に照らされながら、灰色の岩の下に建つ古い病院まで登って行った。その病院は閑静な場所に建っていた。ネリが重いドアを開くとそこにはネリの訪問を待ちかねていたザラが立っていた。ザラはネリを自分の居室に導いた。そこは狭い部屋で、彼女のベッドがあって、そのとなりには戸棚があり、その前に椅子がある。部屋の中を占めているのはそれですべてだ。ネリは椅子に座り、彼女の前のベッドの縁にザラが座った。二人の間はほとんど密着していた。必要最小限の住まいだ。ネリはやっとまた会えた、目の前の大好きなザラの顔から目をそらすことができず、部屋の中を眺める余裕がなかった。それは昔ながらのザラだ。昔と同じように陽気な瞳があった。ザラの表情には一時期のような暗い影が消えていた。太陽の日差しのような穏やかさが彼女からにじみ出していた。

昔通りの友達が戻って来た。彼女とちょっと言葉を交わしてみただけでそれがはっきりとわかった。そう、それは、昔通りの若々しくて、はっきりとしていて、精力的な気性だ。でもザラはなんて変わってしまったのだろう。彼女の小部屋の戸は彼女の患者が寝ている病室に続いている。そのうちの何人かは子供だ。二、三歳くらいの女の子がとても苦しんでいる。一時間に四、五回、めそめそと泣き始めては、嘆き苦しんでいる。そのたびザラは会話を中断して、いつも変わらない落ち着きと、忍耐と朗らかさで、子供を抱きかかえてあやしている。ネリは驚きを隠しきれずに座っていた。これが、以前あれほどまでに取り乱し、悲嘆に打ちひしがれていたのと同じザラなのか。

「私はあなたが何を考えているかわかるわ、」ザラはネリと目が合ったときに言った。「ねえ、悲しみや苦しみってものがどこから来るのかわかってからは、私はもうその苦しみを和らげ解消することができるようになった。」

ザラが幼い子を落ち着かせている間、ネリは自分たちがいる部屋の中を見回す余裕ができた。そのすべてを知るまでに大して時間はかからなかった。

「ザラ、本当にあなたは、」子供が再びおとなしくなるとネリは言った、「もう自責の念に駆られることはなくなったの?」

「ええ、」楽しげにザラは答えた、「何もかも変わったわ。今でも私は自分を責めたり落ち込んだりして、どうにもならないことがある。でも今私はもうそんなことで以前のようにやつれ果ててしまうことはない。私という存在は主の意思によって私に与えられたもの。そう気付いてから、私は心を落ち着けて、平静でいられるようになり、いつも新たな気持ちで主を受け入れることができる。私を悩ませるどんなことが来ようとも、私はそれを主に委ねて、主の前にいつもと変わらずにいられる。どんなことになろうとも、もはや私は落ち着きを失うことはない。」

「ザラ、あなたは、かつて主とそんなふうに個人的に向き合うことを恐れてたんじゃなかった？」

「ええそうね、そうだった。」ザラは叫んだ。「私に課せられた重荷から解き放ち、楽しく自由な気持ちにしてくれるものを、心を閉ざしていた頃の私は恐れてた。それを私が理解してから、人生がどんなに変わって見えるようになったか。人の命の尊さ、崇高さを私ははっきりと、紛れもなく確信した。」

　ネリはザラがハインリヒの母とどんな調子でやっていたのかを知りたがった。ラインラントのおかみさんの家からそう遠くないところにある看護婦学校にザラが滞在している間、彼女がときどきおかみさんの家を訪ねたことをネリは知っていた。ザラはハインリヒの母が我が子の最期をどのように看取ったかを、感動しながら説明した。ハインリヒは慌ただしく、静かにこの世を去って行った。高熱が彼の力を急速に食い尽くしていった。彼は自分の死が近いことを察知した。彼は心静かに、彼がこれから行くところで、近いうちに母に再会しようということを話した。ザラが言うには、ハインリヒの最後の言葉はこうだった。「ザラが救済への道を見付けると良いのだが。母さん、彼女にあなたから説いてくれないか、私が直接言うよりはましだろう。」蔦が絡まった古びたライン河畔の窓辺からザラは外の墓地を眺めた。そこにはハインリヒの墓に白い大理石の十字架が立てられていた。

ネリはもう一つだけ聞かないわけにはいかなかった。どうしてザラが看護婦になることができたのか、ということを。ザラが看護婦の修行をしていた数年間のことを、ネリはまだ何も知らずにいた。ザラは喜んですべてを話してくれた。彼女が何を経験し、どんな道を志望したのかということを。

「また子供がぐずって私を呼ぶかも知れないから、かいつまんで説明するね。」実際病気の子供は、彼女無しでは長く一人でいられなかった。

ザラは数ヶ月の間、一人で悩み苦しみ、知り合いとの面会を謝絶していたようにネリには思われた。

「あなた、まだあの寂しい森の湖を覚えている?」ザラはそうたずねて、話を続けた。「私はあの赤松の木の下に毎日通った。そこは木の葉のさざめき以外何も聞こえない。私はそこに座って暗い湖の水を眺めて、あれこれと物思いにふけっていた。私がその森に入ったとき、ときどきある老婆と出会った。彼女以外の人とは滅多に出会うことはなかった。彼女はいつも私の姿におびえたように私の前を悲しげに歎きながら過ぎ去って行った。ある夕べのこと、私がいつものようにあの松の木にもたれかかって、暗がりに座っていると、あの女性がやって来るのが見えた。彼女は湖のすぐそばまで近寄って、絶望の余り両手をもみ合わせて歎き悲しんでた。私は立ち上がって、彼女に近寄って聞いた、どうしたんですか、と。彼女は暗い水底を指し示して、情けなさそうに言った、

『あそこに彼が落ちたんです。』

『誰が？　いつ？』私は驚き叫んだ。『おばあさん、助けを呼ばないと！』

半ば錯乱しながら、彼女は私を見て、期待に目を覚まして言った、『あの子は帰って来るかね？』

私は助けを呼ぶために森の道を走った。あの女性も私のあとを追いかけて来て、私をつかまえて、救いのない憐れな声で言った、

『いやいや、ワシにゃもうすっかりわかってる、彼はもう上がって来ることはないんだ。』

私は、ネリ、あなたと一緒に座った道ばたの切り株に腰を下ろして、その女性に私と一緒に座って、あなたが誰を失ったのか話して欲しいと頼んだ。そのとき初めて彼女が異様にやつれて惨めな姿をしてるのがわかった。半ば燃え尽きた彼女の眼の中には絶望があった。彼女は私に話した、彼女の小さな息子イェルグリは、あそこで水に落ちた。彼女は苔を集めて売るために子供を連れて松の木の下に座らせた。突然水音がした。彼女が振り返ったときにはまだイェルグリの手が水面から見えてた。彼は水の底でもがいてたがやがて溺れてしまった。そこから彼女の話ははっきりとしなくなった。子供と会えなくなって以来彼女はまったく気の休まることがなかった。するべき仕事を終えた夕べに、子供の小さな手がまだ水面から出ていれば引き上げられるのではないかといつもここにやって来るのだという。

そう話す彼女はとても苦しみ悩んでるように見えて、私はとても心を動かされた。あなたの子供

が溺れてからどれくらい経つのですかと私はたずねた。当時イェルグリが三歳だったということと、そのあとすぐに夫が亡くなったということ以外、彼女はよくわからなかった。彼女はほとんど目が見えないので、彼女にできることはもうほとんどない。しかし息子が水から手を出したら、彼女にはその小さな手がきっと見えるのだという。彼女にはもう過去も現在もわからず、いつもここへふらふらとまい戻って来る。『もし彼の手が見えさえすりゃあ！』それが彼女の惨めな最後の言葉だった。」

その女性について、ザラはとても活き活きと物語った。終わることのない過去の過ちと苦しみにさいなまれているこのかわいそうな女性に、なんとかして慰めと助けを見付けてやりたいとザラは思った。ザラは病院の医師を訪ねて彼に助言を求めた。彼はその女性をずっと以前から知っていて、ザラに言った。「彼女はもう二十年以上前からそんな状態で、何もしてやれることはない。彼女はすでに十分に長く生き、体は衰弱し、老い先も短い、」と。ザラはずいぶんと久しぶりに自分の状況から抜け出して、他人の不運に心を動かした。

「彼女の窮状を見たとき、私はきっと彼女を助けることができると思った。できる限りの慰めの言葉をかけたが、それは彼女にはなんの役にも立たなかった。でもほかに何かきっと彼女の苦しみを救える慰めがあるに違いない。私は彼女に、『神はあなたを助けてくれるはずです、あなたは神に祈ったことがありますか、』と聞いた。

彼女は私に悲しげに答えた。

『いえまったく。神の言葉なんか、ワシにゃ何の関係もありゃしません。もし神様がいるんなら、ワシは言うでしょう、もう一度我が子に会えないもんかねえ、と。』

『彼女はお祈りならばできるに違いない、』私は呟いた、そう、彼女をどうやって助けてやれば良いのか。ネリ、わかる、それは私自身のことでもあったのよ。彼女にはまだ一つ自分でできることがある、そう私は思い付いた。そしてその次に湖のほとりで彼女と会ったとき、一緒に二人で座って、私は彼女に言った、『私はあなたを元気付けられることを知ってる。あなたは主を思い出したときにはいつでも私たちを悪から救ってください。あなたは国であり、力であり、永遠の栄光です。アーメン、と祈ってください。』彼女はその有名な言葉を知ってた。彼女はやってみると約束した。

その女の人のことが私の頭から離れなかった。私は一日中ずっと黙って彼女のことを考えてた。その老婆のことがいつも気にかかって、燃えていた。私はどうしても彼女を助けたかった。私の助言が彼女を鎮められるように、深く考えを巡らせた。私が彼女に命じたのと同じように私も祈った、『私たちを悪から救ってください。あなたは国であり、力であり、永遠の栄光です。アーメン。』その言葉をいつも心に抱いた。

彼女はやがて病気になり、急速に弱っていった。私は彼女を何度も訪ねた。彼女は静かに私に感謝した。私が彼女に祈りの言葉を思い起こさせたことを。その祈りが彼女の心を慰めた。彼女はいつも祈った。彼女が私に感謝するよりも私は彼女に感謝した。彼女が死んだとき、私は心にぽっかりと穴が空いたようだった。彼女と一緒にいたい。彼女を助け、共感したい。そんな思いに私は苦しんだ。そしてとうとう決心した。私はこれからもずっと患者のベッドのそばにいよう。それが私にとって一番情緒が安定し、喜びとなるから。そしてあの祈りの言葉が私の一番好きな言葉となった。『主は私たちを悪から救おうとしてくださる。そして救うことができる。なぜなら、あなたは国であり、力であり、永遠の栄光だから。アーメン。』」

夜が更けてきた。ネリはしぶしぶその古い病院の小さな一室を去った。彼女には、山の上の療養所でまだたくさんやらなくてはならないことがある。

【五】

療養所に滞在して四週間目が終わる頃、ネリはザラから一通の短い手紙を受け取った。ネリに滞在をこれ以上引き延ばさないで欲しいと。ネリはその希望に添おうと思った。

私に何を期待しているのだろう。ザラはただ、会って直接話したいとだけ短く記していた。そのそっけない書き方がネリの心に引っかかった。この山の上の療養所を離れて、近日中にザラと会えると思うと、ネリはうれしかった。

ネリがザラの病院に過ごした夕べから数日後、ザラは院長から知らせを受けた。「町の監獄から重病人が病院に送られて来る。もはやここに移したところで、手の施しようがない。ザラ、あなたは辛抱が必要かも知れない。その患者はとても依怙地で、頑固で、まったく口をきこうとしないのだ。何週間も彼の治療のために監獄に通って手を尽くしたにもかかわらず、彼が快方に向かうきざしはまったく見られなかった。いかなる慰めの言葉もただ押し殺した反感を買うだけだった。彼はこの土地にやって来て、極悪非道な乱闘に巻き込まれて、殺人を犯した。彼は今も未決勾留中だ。彼は疑いなく、数年間刑務所に留置されるだろう。」

ザラがそうした患者の担当になるのは初めてのことではなかった。そういう仕事に尻込みすることはなかった。心の中に罪の意識を負う一人の人間として、同じように悲惨な人生に苦しんでいる人間にザラは心から同情した。

その患者は担架に乗せられて、まっさらに整えられた寝床に運ばれて来た。ザラは彼の病室に入り、そばに歩み寄った。彼は人生で一番血気盛んな年頃にさしかかったばかりの若者に違いなかった。しかし、彼の白髪の交じった髪の毛や、やせ衰えた体から、かなりふけて、体力を消耗しているように見えた。その病人は目を閉じて黙って横たわっていた。彼には決して粗野なようすは見えなかったが、悲しみ、すさんでいるように見えた。口や目の周りには、病苦と激情による深いしわが刻まれている。ザラは彼をじっと観察した。彼は身動きもせず、眠っているように見えた。ザラは彼に薬を与えようとしたが、睡眠中は寝かせておいたほうがよいと思い、部屋を離れた。数時間後にザラが再び病室に入ると、病人は戸を開けたとたんに背を向けて寝返りをうった。彼が寝ているわけではないと知って、ザラは彼に話しかけた。しかし彼は何も返事をしなかった。ザラがスープの入ったボウルをベッドの脇に置いたときも、彼は身動き一つしなかった。「ベッドの上に体を起こしてくれないかしら。あなたは食事を摂らなきゃならないわ。」病人は無言で、だるそうに体を起こした。ザラはやさしく介護して、彼の疲れた体を腕で支えた。病人はひとさじのスープをすすり、ふたたび寝転がった。三日間がこんなふうに過ぎた。ザラは黙々と病人を看護した。彼が何も話したがらないようなので、彼女も一言もしゃべらなかった。彼女は彼に薬や食事を運んだ。彼の力が十分でないときは、彼女は彼を優しく起こしてやった。彼女は彼が良く眠れるように枕を直してやり、いつも目を配って、彼に不足のないようにした。

三日目の夕べ、患者の熱が高くなってきたので、医者は新しい薬を処方した。ザラはその薬を持って彼の病室に入った。患者は目を半ば閉じて、ときおりうめきながら、熱い体を横たえていた。彼はしきりに、ぴくぴくと無意識に腕を天井のほうへ伸ばした。彼女が彼のベッドの脇に座って、彼女の冷えた手を熱い額の上に置いてやると、彼はすぐに落ち着いた。しばらく安らかに眠っていたあと、彼はやや大きな声で言った、

「あなたは私に良くしてくれる。あなたは、私がどこからここに来たか知ってるか。」

「ええ、知ってるわ。」

患者は初めて、その落ちくぼんだ眼をザラに向けた。ザラは黙って見つめ返した。臆病さと、反抗心と、体の痛みと、深い憂愁がその瞳の中に混ざっていた。ザラはその痛ましい男の姿を見て、心が憐憫の情にとらわれて、思わず涙をこぼした。「なぜあなたは私にそんなに良くしてくれる?」その患者はたずねた。

「あなたはずいぶん苦しんでる。私はあなたの気持ちを楽にさせてあげたい。何かして欲しいことはない?」

彼は大いに驚いて、黒い目を見開いた。ザラはその目をじっと見つめた。病人はもう何も話さなかった。彼は静かに横になっていた。ザラはしばらくして彼の病室を離れた。

彼女が後でまた彼の病室に入ったとき、彼は彼女がベッドの上に置き忘れていた小さな手帳を手にしていた。それはネリがザラにくれたものだった。その最初のページにはネリによって書き込まれた昔の日付と、ネリの故郷の名前があった。

「あなたもここにいたんですか。」病人はザラが入って来ると、手帳に記された地名を指さして言った。

「いえ、でもだいたいのことなら知ってるわ、」患者とのつながりが見つかって、彼女はうれしそうに答えた。

ザラは言った、昔そこに、ネリという医者の娘が住んでいて、自分の親しい友人だったと。

「あなたもその美しい土地を知ってるの？」

患者はうつぶせになり、枕に顔を埋めて、激しくむせび泣き始めた。

驚きと恐怖でザラは立ち尽くした。ある考えが急に思い浮かんだ。ネリが森の道で見たのは確かにこの男だったんじゃないか。彼女は静かに彼から離れ、彼を一人にした。

翌日の朝、彼の部屋に彼女が来たときには、彼の気分は回復していた。彼女は彼のベッドに歩み寄り、彼の手を取って言った、

「あなたは自分の本当の名前を名乗ってませんね。あなたはロベルトS。そうなんでしょ。私はあなたのことを良く知ってるわ。」

病人は驚いた。

「あなたが私の何を知ってるというのだ？」彼は反抗的に言った。

ザラは彼に向かい合って座り、彼に説明した。「私はずっと前からあなたのことを知ってる。ネリが自分の子供の頃のことを、そしてネリの両親があなたの母親の治療に当たったけれども亡くなったこと、そして彼がそれからどうなったかと噂で聞いたことなどを、みな私に話してくれたから。」

その病人はロベルトSであった。彼は、ザラの言うことがよく把握できないようだった。彼は、彼の名前や彼に関する記憶は、ずっと以前に人々から忘れ去られたと信じていた。ザラが彼から離

れようとすると、彼はザラの手を取ってしばらく彼のそばにいて欲しいと願った。

「あなたがいて欲しいと言うのなら、一緒にいてあげますよ、」ザラは彼に向き直って言った、「おそらく私たちはもうそんなに長く一緒にはいられない。あなた知ってる、あなたの病気はとても重いってことを。」

「ああ、だいたいわかってるさ。僕はおそらく死ぬだろうね。もうすぐだろうか。」

「ええ、あなたの死期は近付いてると思うわ。」ザラは答えた。

患者はうめいた。

「僕はもう治らないんだね。」

彼は救いを求めるようなまなざしでザラを見た。彼女は黙っていた。

「それならそれで仕方ない、もう何もかも終わりだ、」彼はやけくそな声を出した。

「そんなことはないわ、私たちの命は決して終わらない。あなた、聞いたことがないの？」

「そんなことは、僕の知ったことじゃない。何が来ようと、今より悪くなりゃあしない。僕の人生はいつも最悪だった。母が死んで以来、やさしく手を取ってくれた人などいなかった。ああ、でもあなたは今僕にそうしてくれてるがね。そして神が天国にいたとしても、彼も僕のことなどかまっちゃくれないさ。」

「なぜそんなことがわかるの？」

「え、なぜ僕にわかるかって、そりゃね、そりゃ、僕にはこれまで何一つ良いことなんかなかったからね。」

「神様はいつでもあなたのことを気遣っていて、あなたが助けを求めるのを待ってる。神様があなたに何か悪いことをした？　一度でもそんなことがあった？」

「いいや。」

「いずれにせよ、あなたが永遠の国に行く前に、私たちの神様はあなたを呼び、あなたの手を取ります。それが、神様があなたを見捨てておらず、決して見捨てないしるしです。」

「神様はどんなふうに僕を呼ぶだろう？」半ば吐き捨てるように、半ば驚いて、その病人はたずねた。

「ロベルト、」ザラは心を動かされて言った、「あなたは永遠の国の入り口にいる。あなたはこれまでとても暗い人生を送ってきた。私は毎日休まずあなたの面倒を見てきた。そしてあなたがまぶたを閉じる前に、あなたが神の声を聞き、神の愛を受け入れることを、天国の神様自身が私に強く求めてるのです。あなたが悔い改めて心安く死ぬことができることを私は絶え間なく祈ってます。」

ロベルトは彼の看護婦を非常に驚いたまなざしで見た。

「あなたをもう少し早く知ってりゃあよかった。今じゃ遅すぎる、」彼は穏やかに言った。そして話を他へそらすように、彼は突然全く脈絡のない質問をした。

「ネリは今どこに住んでる?」

ザラは彼に説明した、ネリが彼女の父の家を離れて、今どんなふうに暮らしているかを。ネリはちょうど今山の中に滞在していて、帰路またこの病院に訪れるから、彼がネリに会いたいかどうかと、ザラはたずねた。

「ダメだダメだ、」彼は驚いて叫んだ、「僕は誰とも会わないよ。僕はすっかり変わった。彼女は僕を見てももう誰だかわからないだろう、」彼は哀切な弱々しい声でそう付け足した。

ザラは彼に言った、ネリはきっと彼のことがすぐにわかるだろうと。ザラはそれからロベルトにたずねた、「あなた、以前にここを訪れたことがある? ネリはあなたがアメリカに渡ったと聞いたそうだけど。」

ロベルトは実際ここに来たことがあった。彼はザラに説明した。彼の父は彼や彼の兄とともにアメリカに渡るために故郷を離れた。詳しいことは、父はロベルトにも、彼の兄にも何も話さなかった。父はいつも暗く押し黙っていた。ある人里離れた場所に彼らは何日も滞在したが、父はどこかに出かけて行って再び宿に戻って来なかった。子供たちは何の理由も知らされなかった。父は近くの森の中で、自殺しているのが発見された。父は子供たちには何も残さなかった。兄はロベルトを父の生まれ故郷に送り返した。兄自身は自分の力でアメリカに渡ろうとしたが、それ以来ロベルトは兄から何の音沙汰も受け取っていない。ロベルトは父の生まれ故郷で、一人の牧師の世話になり、堅信礼を受けるまで、そこで育ててもらった。そのあと、彼は独り立ちして行かなくてはならなかった。

「牧師さんの家にやっかいになってた頃、僕はその土地で、一人の若者と出会った、」ロベルトはさらに説明を続けた、「彼は近所に親戚がいた。その人が、山道の工事で金儲けして、一緒にアメリカに行こうって言うんで、僕たちは工事現場で働いてお金を稼いだ。でも僕はそこで何が起きたか、あなたに説明したくないんだ、」ロベルトは急に話を切り替えた。「貯金はまったくできなかった。僕は道路工事の仕事を求めて、あちこちに移り住んだ。でもどこに行ってもうまく行かなかった。そうして十二年間が過ぎた。」

「ロベルト、あなたは昔の知り合いを頼ろうって気にはならなかったの？　ネリの両親が、あなたの母親のために、あなたを受け入れてくれたでしょうに。」

「ああ、母さん！　母さんが生きててくれたら、」ロベルトはめそめそと泣いた。「どうして僕が昔の知り合いを頼ることができるだろう。僕はこんなに落ちぶれてしまった、こんな僕を母さんが見たらきっと悲しむことだろう。」ロベルトは枕に顔をうずめた。

彼はもう休まなくてはならない。ザラはもう何も話さず、彼の部屋を離れた。

病人の力は急速に失われていった。彼はもう数日の命だと医者は言った。

ザラがまた戻って来て、彼のベッドのそばに座り、やつれて希望の失われた顔を見ると、心の中で悲しみと同情が燃えさかった。

「ロベルト、もしあなたのお母さんが今のあなたを見て、あなたの過ぎ去った人生を見渡したとしたら、きっとあなたの苦しみに歎きと哀れみで胸が張り裂けそうになると思わない?」

「ああ、きっとそうだ、」病人はうめいた。

「きっとそうよね、」ザラは繰り返した。

「そしてあなたのお母さんがあなたを見ているように、天国にいる私たちの主も、同情と哀れみに満ちてあなたを見下ろしてる。神様を呼び、許しを請いなさい。あなたの心の中にある、罪の重荷を取り除いてくれるよう、あなたがこの苦しい人生を去って、この上なく幸せな、天国の世界に生まれ変われるように。」

「僕は神様を呼んだりできないよ。」ロベルトは恥ずかしそうに言った。「彼は僕の言葉に耳を傾けたりなんかしない。わからないかなあ。」

「あなたには告白できないような、大きな良心の呵責があって、そのことを恐れてるの?」ザラは歎きながらたずねた。「あなたは殺人を犯した。それをあなたは認めたくないの?」

「何が起きたのか、僕は本当のことは知らない。」彼はザラの瞳を見つめながら答えた。「僕たちはみんなすっかり酔っ払って大喧嘩をした。翌日僕は初めて聞いた。昨日一緒にいた連中の一人が死んだままその場に残されてたって。僕は、僕のどうしようもない人生の中で、これまで何も良いことをしなかった。そんな僕の人生が人殺しで終わるなんてのは、まったくお似合いだ。」

「ロベルト、私たちの主イエスは、何一つ良いことができない、弱く、悩んでいる罪人のために地上にやって来た。彼らを助けることが彼には大事なことなの。あなたの罪にまみれた人生を彼の前に投げ出して、あなたのすべての罪を受け入れてくれるように懇願しなさい。彼はあなたの罪をすべて取り除き、あなたの良心を解き放ってくれる。あなたは再び健全になることができる。」

ロベルトは驚いたような目でザラを見た。彼女が口をつぐんでいると、彼は子供が求めるような声で言った。

「僕もそうしたいと思うけど、僕にはどうすりゃ良いかわからない。あなたが私のためにそうしてくれるとありがたいのだが。」そこでザラはベッドのそばに彼のために跪いて、主を呼んだ。「罪を犯した者と悩んでいる者は彼のもとへ行け。心の安らぎを見付けるために。」ザラは肝心なことも、避けて通らなかった。彼女はロベルトのために、罪深い人生を主に告白し、許しと救いを願った。

「そうだ、そうだ、」ロベルトはザラの祈りの途中でときどきすすり泣いた。「そうだ、その通りだ。」

ザラが立ち上がり、立ち去ろうとしたとき、病人は彼女にまだいて欲しいと頼んだ。

「僕の前からいなくならないでくれ、」彼は願った、「もしあなたがここにいて僕のために祈ってくれたら、僕は許され、楽になれる。」

「ダメよ、ロベルト、あなたは自分自身で、一人で私たちの主と向き合わなきゃならない。そして彼はあなた一人に話しかけなくちゃならない。そうして初めてあなたの心は安らかになれる。私はあなたにその手助けをしてあげられるだけ。さあ、やってみて。」ザラは部屋を去る前に、彼に手をさしのべて、そう願った。

翌朝、ザラが彼の部屋に入ると、彼は寝床の上に座って、手を組み合わせて祈っていた。彼が彼女のところへ来て以来はじめて、ロベルトの顔にほほえみが浮かんでいた。

「お祈りはうまくいったようね？　昨晩はどうだった？」

「僕は一睡もできなかった。でも、うまくお祈りできたよ。僕はほとんど一晩中祈ってた。『罪を犯した者と悩んでいる者は主イエスのもとへ行け。彼が助けてくれる。』そうあなたが言ってくれたおかげで、僕はうまくやれた。僕は自分のすべての人生を主の前に告白した。そして、気分が楽になった。でも、僕はあなたにあと二つだけ願いがある。僕はあなたの前で、僕についてのすべてのことを告白したい。それから僕はあなたから聞きたい。僕たちの主が聞き届けてくれたかどうか。どうだろう。」

その日、ザラはほかのすべての仕事を取りやめにして、ロベルトのもとに留まった。

彼女は彼の告白を聞いた。その告白に、彼女は決して驚かなかった。それは道に迷った者の一生だった。地上のぬかるみの中で日々を失った人生だった。彼自身による、その忌まわしい告白を、ザラは静かに聞いていた。それから彼女は聖書を取り出して、放蕩息子が父の腕の中に帰り、懺悔する箇所をロベルトに読んで聞かせた。彼は元気を取り戻して叫んだ。

「それは僕のことだ。それはみんな僕について書かれたことか？」

「そうよ、それはあなたのこと。あなたにぴったりの話だわ、」そしてザラは彼に次の言葉を読んだ。

「疲れて重荷を背負ったものはみな私のところに来なさい。私があなたがたを元気付けてやる。」

ゴルゴタの丘で、イエスとともに十字架に架けられた罪人の箇所をザラが読むと、ロベルトは非常に感動した。

「ああ、もう一度読んでくれ、救い主が何を約束したかを。その罪人は、まるで僕のようだ。」そして彼は再びかすかな声で言った。

「今日あなたは私とともに天国へ行くだろうって。僕もそうなるだろうか。」

ロベルトは次第に力を失い、静かに横たわっていた。しかし彼の力強いまなざしは、彼の内なる命が今もさかんであることを物語っていた。ザラはもう彼から離れなかった。彼女には彼の終わりが近いことがわかった。

夜が更けるにつれて危篤になった。病人は自分の死期が間近に迫っているのを感じると言った。彼は手を彼の看護婦に委ねて、子供のように、彼女が彼にしてくれたことのすべてに感謝した。彼は最後に言った、

「ネリによろしく伝えて欲しい。」

ザラは患者を両腕でしっかりと支えた。彼はかすかに祈っていた。彼女も同じように心の中で祈った。その若い命は、最後の厳しい戦いに耐えていた。

重い溜め息が瀕死の病人の胸から漏れたときに、ザラは大きな声で嘆願した。

私があなたから離れようとしても、
あなたは私を離さないでください、
私が死にそうなときには、
私のところへ来てください、
私が不安で仕方ないときには、
私を不安と痛みから引き離してください、
あなたの力によって。

かわいそうなロビーは、ザラの腕の中で、すべての不安から解き放たれた。

朝焼けが灰色の岩山を照らす頃、ネリは町の古い門を入った。彼女がザラを訪ねると、ザラは黙ってネリを庭に導いた。ロビーは小屋の中の白いベッドに寝ていた。ネリの記憶の中の彼とはなんと違っていただろう。彼の縮れた黒髪はほとんどすべて灰色になっていた。明るい夕日の中で一緒に斜面に座って、将来の夢を語りあった、あの若々しい子供の顔ときらきら光る目を、ネリは目の前の落ちくぼんだ顔に探した。

ネリはロビーの手を取って、かすかな声で言った、

「ゆっくりお休みなさい、ロビー。日当たりの良いイチゴの園のように美しいところで、また私たちは会いましょう。」

ロビーの少ない遺品の中には、古びてすり減った手帳があった。ザラはそれを、何か重要なものが見つからないかと開いてみた。彼女は小さく折り畳まれた、完全に黄ばんでぼろぼろになった紙を取り出した。ネリはザラの隣に立っていた。その紙には、色あせた、帆を張った一隻の船の絵が描かれていた。ネリは一瞬でその船を思い出した。泣いているロビーを慰めるためにネリが彼にあげた絵が、今彼女の手に戻って来たのだ。他にも古い歌の本があった。

高い壁に挟まれた寂しい墓地にロビーの墓はある。墓には黒い鉄の十字架が立っている。墓の周りにザラとネリはツルニチニチソウを植えた。十字架にはイザヤ六十六章十三節の言葉「母がその子を慰めるように、私はあなたたちを慰める」が書かれている。

ザラはあの故郷の小さな病院とは別の病院に移り、相変わらず病人たちのベッドの間を回って、慰めたり看病をし、そして死に行く者を看取っている。

ネリには窓の外にそびえ立つ遠くの山の頂が見える。それは寂しい墓場を見下ろしている。山頂が夕日に染まっている。心の中にかわいそうなロビーと彼の蒼白な母の姿が映り、彼らの苦しみがよみがえってくる。その歎きと苦しみの上に楽しい言葉が彼女の心に響く。

あなたに感謝します、イエス・キリスト、
あなたは最初であり最後です、
始まりであり終わりです。

解説

【処女作出版の経緯】

ヨハンナに小説の執筆を依頼したのは、コルネリウス・ルドルフ・フィエトル（Cornelius Rudolph Vietor, 1814-1897）というプロテスタント福音派の神学者で、北ドイツのブレーメン市の聖母マリア教会（Kirche Unser Lieben Frauen、直訳すれば「私たちの愛する婦人」教会。世界中に同様な名前の教会がある）の牧師である。ブレーメンは北海沿岸の港町であり、ヨハンナが住んでいるチューリヒはずっと南のアルプス山脈の麓にある。どうやってこの二人に接点ができたのか、なぜヨハンナは小説を書く気になったか。このことは非常に重要でもあり、またそれ自体が面白い話でもあるので、ここにやや詳しく紹介する。

フィエトルはヨハンナがいかにして作家となったかを、彼の回顧録などに書き残している。彼にはチューリヒにハンス・ハインリヒ・シュペンドリン（Hans Heinrich Spöndlin, 1812-1872）という法律家の知人がいた。フィエトルとシュペンドリンはともにゲッティンゲン大学に学び、ヨハンナの父ヨハン・ヤコブ・ホイッサー（Johann Jakob Heusser, 1783–1859）とも親しかった。フィエトルはしばしばチューリヒのシュペンドリンの家に滞在し、また娘たちを一年間シュペンドリンの家に預けたりもした。フィエトルの長女ヘレネ（Helene）はチューリヒに滞在している間に、ヨハンナ・シュピリに面倒を見てもらい、二人は親しくなった。以来フィエトルがチューリヒを訪ねる際にはいつも、チューリヒ郊外の村ヒルツェル（Hirzel）にあるヨハンナの実家を訪問するようになる。ヒルツェルはチューリヒから陸路で三十キロメートルほど離れていて、その往復の車に同乗して、フィエトルはヨハンナと長時間話をする機会を得た。また彼はヨハンナと書簡をやりとりしていて、彼女が「神から贈られた、ある種の豊かな知的素質と新鮮で楽しげなユーモア（welche reiche geistige Begabung und welche frischer und fröhlichr Humor von Gott ihr geschenkt sei）」の持ち主であることを知る。二度、三度と会ったのちに、フィエトルは自分がブレーメンで発行している教会新聞（Kirchenblatte）に物語（Erzählungen）を寄稿するようヨハンナに依頼する。ヨハンナはフィエトルの申し出を拒否したが、それでもフィエトルは迷わなかった。彼女には「神に与えられた作家活動の才能（ein Talent zu schriftstellerischer Tätigkeit von Gott gegeben）」があり、彼女は世に知られずに死んではならないとフィエトルは主張した。フィエトルは熱烈に彼女を口説いたが、それはヨハンナにとってはほとんど脅し（unter Drohungen）のようなものであった。ついに一八七一年、彼女は何も約束はしなかったが、もはやきっぱりと反論することはなかった。そしてヨハンナは自筆の原稿『フローニの墓に一言』をフィエトルに送る。彼がそれを信者らの集会（Besuchsverein）で朗読したところ、満場一致で、教会新聞の記事のような形で掲載するのは惜しい、きちんとした書籍の形で出版して、公に頒布しなくてはならない。そういう評判を得たというのである。

ヨハンナが押しも押されもせぬ大作家となった後で書かれた回顧録であるから、多少予定調和的な文言になっているのに違いないが、ヨハンナのためにフィエトルは自ら販促活動を行ったというから、相当本気に熱を入れていたらしい。かかる熱心な編集者兼マネージャーがいなかったら、ヨハンナが読者を獲得することはなかった。

フィエトルはヨハンナに手紙を書いた。「現在我々はドイツの側に立ってフランスと戦争をしている（普仏戦争 1870–1871）。そこで売り上げの一部をドイツの負傷者、傷痍軍人、或いはその家族に寄付するという条件で出版させてもらえないだろうか。今ドイツは多大な資金を必要としている。あなたへの謝礼の一部を寄付してもらうだけでは、焼け石に水のようなものかもしれない。しかし私はあえてあなたに提案したい。あなたにもきっと理解してもらえるものと思う。私の教会の三人の修道女たち（Gemeindeschwestern）が今、病気になり傷付いたドイツやフランスの軍人のために戦場の仮設小屋で働いている。私は彼女らの医療活動のための資金を募りたいとずっと考えていた。あなたの原稿の売り上げをその基金の原資として使わせてもらえないだろうか。」

ヨハンナは快諾した。そして同様の趣旨で『マリー、父の家へ（Marie; Nach Vaterhaus!）』と『彼らの誰も忘れない（Ihrer Keines vergessen）』が寄稿され、何度か版を重ねたのちに、新たにいくつかの物語を加えて合冊の本が出版され、それも好評だったので版を重ねた。この合冊本が本書に収録した『Verirrt und Gefunden』である。それまではCヒルガローという印刷所から出していたが、合冊本以来カール・エドゥアルト・ミュラーという出版社から出されることになった。著者名はただイニシャルでJ．S．と記された。ヨハンナの本の売り上げから得られた基金は千マルクを超えたとフィエトルは言っている。

【表題】

本書は一八七三年に出版された前掲の『迷い出て、そして見付けられて（Verirrt und Gefunden）』をドイツ語原文から訳したものである。収録されているのは、一八七一年に発表された『フローニの墓に一言』、翌年発表された『マリー』『故郷で、そして異国で』、さらに同年のクリスマスシーズンには『若い頃』『彼らの誰も忘れない』が発表された。翌年これら五編は『迷い出て、そして見付けられて』にまとめられる。つまり本書に載せたこれら五作品は二年以内に一気に執筆されたものだった。
十分に成功を納めたデビュー作によってヨハンナの作家人生は確立した。その後の著作はフィエトルやブレーメンとは直接関係ない。次にヨハンナの作品が出版されるのは一八七八年であり、しかもより低年齢向けの、それまでとはかなり異質な作品になり、一八八〇年の『ハイディ』に至る。ヨハンナは五年以上に渡り、自分の作家としての方向性を模索したのだ。
この Verirrt und Gefunden というタイトルはその表紙に掲げられたモットーによれば、旧約聖書の『エゼキエル書』にちなむ。二十四章と書かれているがおそらく三十四章のあやまりである。

Ich will mich meiner Herde selbst annehmen und sie suchen, spricht der Herr. Ich will das Verlorene wieder suchen und das Verirrte wiederbringen; Ich will das Verwundete verbinden und des Schwachen warten. 私は自ら群れを率い求める、と主は言う。私は迷ったものを再び探し出し、連れて来る。私は傷付いたものを包み、弱いものを待つ。

旧約聖書の神は「万軍の主」であり、民を統率する指導者であり、イエスはこれを、傷付いた者、弱い者、迷った者を救う慈愛の神と再解釈した。「迷い出た羊」「放蕩息子」のたとえ話が新約聖書に見える。

ルカによる福音書一五章三節

Welcher Mensch ist unter euch, der hundert Schafe hat und, so er der eines verliert, der nicht lasse die neunundneunzig in der Wüste und hingehe nach dem verloreneu, bis daß er's finde? Und wenn er's gefunden hat, so legt er's auf seine Achseln mit Freuden.

或いはマタイによる福音書十八章十二節

Wenn irgend ein Mensch hundert Schafe hätte und eins unter ihnen sich verirrte: läßt er nicht die neunundneunzig auf den Bergen, geht hin und sucht das verirrte? Und so sich's begibt, daß er's findet,

ある男に二人の息子がいた。弟は父に遺産分与を求め、父の家を出て放蕩し、どうしようもなくなってから父のもとに帰って来て、「父よ、私はあなたの息子と呼ばれる価値もありません、あなたの使用人の一人として使ってください、」と申し出る。父は、その息子に真新しい服を着せ、仔牛を一頭屠って祝った。兄は、自分のせいで財産をすべて失った弟に再び父が衣服や食べ物を与えるのに抗議する。父は答えた、死んだと思っていた子供が生きて再び帰って来たのだから、この息子のために、喜ぶのは当たり前だ、百頭の羊を飼っていても、一頭が迷い出たならば他の九十九頭は野に置き去りにしたままで、その迷った一頭を探しに行き、再び見付けたならば喜ぶに決まっているではないか。

神は迷った者を再び見付けてくれる。確かに『フローニ』以下おおよそこの主題に沿って書かれているのである。

一九〇〇年、この書籍は同じ内容で、『Aus dem Leben』というタイトルで再出版される。これを『生活から』と訳してもピンと来ない。日々の生活から取材した話です、ただそれだけなのか。ヨハンナがこのようにタイトルを極端に変更した事例は他には見当たらない。何か深い意味があるのかもしれない。思うに、大器晩成したヨハンナはいろいろな読者や知り合いの文人、出版社などに、自伝を残すようにとせがまれたはずである。そこで、『私の人生 詩と真実（Aus meinem Leben. Dichtung und Wahrheit）』（ゲーテが少年時代を回顧した自伝）にちなんで、『Verirrt und Gefunden』を『人生（Aus dem Leben）』と改名して、「これが私の自伝ですよ」と示した。そんなふうに私には思えるのである。その翌年ヨハンナは亡くなっているので、すでに健康を害していたかもしれない。

【フローニの墓に一言――Ein Blatt auf Vrony's Grab】

タイトルのEin Blatt auf Vrony's Grabは『フローニの墓の上の一葉』と訳されることが多いようだが、本文を読めばすぐにわかるように、このBlattとは一切れの紙のことである。Ich will ein Blatt auf dein Grab legen. それを主人公の「私」は、墓碑銘代わりにフローニの墓の上に置く。ドイツ語のBlattは「葉」「紙」「ページ」などの意味がある。したがって直訳すれば『フローニの墓の上の一枚のメモ書き』とでもなるところだ。英文ではA Note on a Vrony's Graveなどと紹介されている。私は『フローニの墓に一言』と少し意訳してみた。ヨハンナ・シュピリは、まずその題名で「墓の上に落ちた一枚の葉」というイメージをあらかじめ読者に与えておく。さて中を読んでみると実はBlattとは葉っぱではなくてメモ書きだったことに私たちは気付かされる。そんなちょっとしたいたずらがこのタイトルにはしかけられているように思える。

『フローニ』には詩の引用がことさらに多く、まるで詩を中心として物語が編まれているように見える。その中で圧倒的に多いのはゲーテの詩だ。ヨハンナがいかにゲーテを崇拝し、彼の作品に耽溺していたことか。彼女のゲーテに対する信頼は絶対的なものだった。良く知られているように、

『ハイディ』の原題『ハイディの修行と放浪時代（Heidi's Lehr- und Wanderjahre）』はゲーテの『ヴィルヘルム・マイスターの修業時代（Wilhelm Meisters Lehrjahre）』と『ヴィルヘルム・マイスターの放浪時代（Wilhelm Meisters Wanderjahre）』を合わせてひねったものである。

ゲーテはヨハンナにとって遠い古典時代の詩人というわけではない。ゲーテは長寿に恵まれ、ヨハンナが生まれた頃にはまだ生きていた。私たちの時代でなぞらえてみれば、ゲーテは太宰治や三島由紀夫くらいの近さだ。ヨハンナの世代にとってのゲーテ時代は、私たちにとって戦後昭和ほどに過ぎない。ゲーテの数々の詩句は当時ごく普通に若者の間で口ずさまれていた。ヨハンナは決して小難しいことを書きたかったわけではない。

ヨハンナの母はゲーテやナポレオンと同世代である。『フローニ』冒頭に、その母メタ（Meta Heusser Schweizer 1797–1876）の詩が掲げてある。その、Meta H-Schw と記名された詩は、一八五八年に出版された、『ある秘められた者の歌（Lieder einer Verborgenen）』という詩集の中の、『Über ein Kleines, Joh 16, 16.』という詩の一部である。当時メタはすでに六十一歳だった。この詩集自体には「ある秘められた者」つまりメタの名はまっさく記されておらず、ただ、「アルベルト・クナップ（Albert Knapp, 1798–1864）による出版」と書かれ、またクナップによる序文が付けられている。クナップも詩人で、シュトゥットガルトの牧師であり、福音派神学者であった。Joh. 16, 16とは新約聖書のヨハネによる福音書の十六章十六節という意味である。「Über ein kleines, so werdet ihr mich nicht sehen, und aber über ein kleines, so werdet ihr mich sehen; denn ich gehe zum Vater.（もうしばらくしたら、あなたがたは私を見なくなる。しかし、またしばらくすれば、あなたがたは私を見る。私は父に会いに行くからである。」Über ein Kleines とは従って「しばらくの間」というよりは「もうしばらくしたら」と言う意味のはずだ。

Dort ist dein Erbe bereitet von göttlicher Gnade, 辛苦の小道をたどった末に、
Unbefleckt, ewig, am Ziele der mühsamen Pfade. 神の恩寵によっておまえに用意された、しみ一つ無い、不滅の遺産がある。

Schifflein der Fluth! 水に浮かぶ小舟！
Über ein Kleines - so ruht もうしばらくしたら、甘く憩える
Süß sich's am heim'schen Gestade. 故郷の岸辺で

母メタの詩は、その自然描写に叙情を感じることも可能かも知れないが、全般的に、極度に敬虔である。

Flut（Fluth は古風な綴り方）は「潮の満ち引き」や「大量の水」を意味する。つまり海か湖である。Schifflein der Flut は単に湖水に浮かぶ小舟とでも訳せば良い。ヨハンナは母が住む故郷ヒ

ルツェルの湖、つまりチューリヒ湖を暗に指している。

残りの部分は母音を略さず書くと so ruht süß sich es am heimischen Gestade となる。es ruht sich は「休むのに適している」という意味。

メタの詩の引用はさほど多くはない。どうもヨハンナはメタの詩を評価してはいたが、ファンではなかった。そしてヨハンナ自身が作った詩は、私が見た限りでは一つもない（ヨハンナが詩を一つも残さなかったわけではない）。


ゲーテの次に多いのはプロテスタントの神学者パウル・ゲルハルト（Paul Gerhardt, 1607–1676）という人が作った詩である。

私は本書で「賛美歌」をすべて単に「歌」と訳した。プロテスタント系の歌を「賛美歌」、カトリックの歌を「聖歌」と呼んで区別するが、それは日本固有のものである。ヨハンナはプロテスタントなので、「賛美歌」と訳すべきなのだろうが、小説に出て来るのは常に Gesang、或いは Lied、つまり「歌」である。Gesang は Gesängen der Odyssee のように叙事詩の意味に使われたり、宗教詩、つまり賛美歌の意味に使われる。Lied は単なる鳥の鳴き声にも使われるが、メタの詩集のように、賛美歌の意味にも使われる。

ドイツは賛美歌の本家本元であって、歴史的に見ればそれはルター（Martin Luther, 1483–1546）

の聖書とともにグーテンベルク（Johannes Gutenberg, 1398–1468）の活版印刷術によって一般信徒に頒布された宗教詩集（Gesangbuch）に掲載された詩もしくは歌のことなのである。これに対してグレゴリオ聖歌などのカトリックの聖歌は、教会の式典の際に聖歌隊によって歌われる歌である。賛美歌ももちろん結婚式や葬式などの典礼の儀式で歌われるが、個人が書籍として所有してふだん読むことができるというところが異なっている。

ヨハンナはゲルハルトが大好きだ。「それは生きた水の流れのように（solche Ströme lebendigen Wassers)」「もはやどんな惨めさの中でも、彼女が爽快さを失うことはない（in keinem Elend könnte ihr nunmehr die Erquickung fehlen)。」おそらく彼がヨハンナにとって特別な詩人というよりは、ドイツ語圏で普通に有名な人なのだろう。「私」がフローニの墓に置いた紙に書いた言葉は、直訳すれば「地上の小さな寝床に憩え（zur Ruh ein Bettlein in der Erd)」。これはゲルハルトによる賛美歌「さあ憩え、すべての森よ（Nun ruhen alle Wälder)」に見える句で、ヨハン・セバスチャン・バッハ（Johann Sebastian Bach, 1685–1750）によって四声コラール BWV 392 の歌詞に採用された。

詩とともに多く引用されるのは聖書や祈りの言葉である。以後、話の中に出て来る順番で適宜説明させていただきたい。

「山里の小さな白い教会のそばに建つ古い家に、私は二十年以上暮らした。」「この古い家は、村の子供たちと一緒に私が最初にそうした教えを受けた学校だった。」とあるが、これはまさにヨハンナが生まれ育った家そのものの描写である。ヨハンナの父ヨハン・ヤコブ・ホイッサーはこの無医村に招かれて来た医者であり、ナポレオン戦争に従軍した軍医でもあった。ヨハンナの家は父が自分の財産で建てた家というよりは、村人たちが出資して建てた公民館のようなものだった。ゲマインデ（Gemeinde、村落共同体）の学校や診察所、宿泊所を兼ねていたのである。この建物は今も建て増しされてシュピリ博物館という名でヒルツェルに残っている。

フェロニカ（Veronika）ことフローニのモデルはヨハンナの母方の祖父、つまりメタの父の教会で働いていた使用人の娘であったはずだ。

この教会の使用人 Küster を私は「教会番」と訳した。「寺男」などと訳されることもある。日本で言う寺男とは要するに寺で雑用を任された用務員であり、僧侶ではなく、僧侶となるために修行する男でもない。同様に教会番は牧師ではない。牧師のために教会を掃除したり、礼拝の準備をしたり、夕方に鐘を鳴らしたりする。そういう教会の一切の雑用を任された者である。

So eng ist das Küsterhaus! 教会番の家はなんて狭いのだろう。

Vater, ich muß hinaus! 父さん、私は外に出なくてはならない。

フローニが仕事中に即興で作った歌だ。教会の世話人の家というのは、教会堂でもなく牧師の家でもない。おそらく非常に狭くて粗末な家だ。

キュスターハウス（Küsterhaus）とヒンアオス（hinaus）が韻を踏んでいるのがわかる。ドイツ語は英語や日本語よりもずっと韻を踏みやすい言語であり、言葉自体にリズムとメロディがあるとき、ドイツ語ではただちに詩（Gedicht）または韻文（Vers）と呼ばれる。盛り込まれた内容というより、言葉の調べがドイツ詩を規定する。ドイツ人は言葉遊びや語呂合わせで、気軽に詩を作って楽しむらしいのである。「ドイツは詩人と哲人の国として知られる（Deutschland ist als das Land der Dichter und Denker bekannt.）」と言われるゆえんである。

その次に出て来る詩は、フローニが好んで歌った詩である。それはもともと「私」がフローニに教えたものだった。フローニは自分で勝手に節を付けて「私」に歌って聞かせる。

Die Vöglein schlafen im Walde! 小鳥たちは森で眠る！
Warte nur, balde, balde, ちょっと待って、やがてすぐに
Schläfst auch du! あなたも眠る！

私は最初この詩をみて、これはほんとに詩であろうか、と思った。Walde（ヴァルデ）、warte（ヴァルテ）、balde（バルデ）と、語呂合わせが繰り返されているだけで、韻を踏んでいるという感じではない。まともな詩人の詩というよりは、俗謡か、童謡のようなものではないか、と私には思われたのである。ところが調べてみると、これももともと、れっきとしたゲーテの詩である。しかもシューベルトが曲を付けている。

Wanderers Nachtlied, 放浪者の夜の歌
Ein Gleiches 同じ題で

Über allen Gipfeln 山の頂は
Ist Ruh, 静まりかえり
In allen Wipfeln 木々のこずえを
Spürest du 渡る風の息吹もおまえには
Kaum einen Hauch; ほとんど感じられない
Die Vögelein schweigen im Walde. 小鳥たちも森の中で声をひそめている。

Warte nur, warte nur, balde ちょっと待て、ちょっと待て、やがて
Ruhest du auch. おまえも憩《いこ》う。

ゲーテは「放浪者の夜の歌」という題で他にも詩を作っているので、この詩には「同じく」というそっけない題が付けられている。この詩はゲーテが一七八〇年の秋、三十一歳のときに、テューリンゲン州イルメナウ（Ilmenau）市近郊のキッケルハーン（Kickelhahn）という山の狩猟小屋（Jagdaufseherhütte）の木の壁に鉛筆で書き残したものを、ゲーテ自身が五十年後に再びこの山小屋に訪れ、昔自分が書いた詩を読み、深い感慨を受けたとされるものである。ここで「おまえ」と言っているのは放浪者であるゲーテ自身であろう。山の中を歩き回り、夕暮れにやっと小屋で休めるという安堵の気持ちを歌ったものだ。

Über allen Gipfeln と In allen Wipfeln は対句になっていてしかも韻を踏んでいる。Ist Ruh と Spürest du も、Hauch と auch も韻を踏んでいる。フローニが歌っていた詩は、しかし、もともとのゲーテのものではなく、子供が歌いやすいように、意味がわかりやすいように、アレンジされたもののようだ。例えば schweigen（黙る）や ruhen（憩う）は schlafen（眠る）に統一されている。

フローニは「私」の二歳年上だが、同時に学校を卒業して、フローニは紡績の仕事を始める。「私」は父の家を離れてしばらく町に出て、そのあとヴァートラント（Waadland）に行き、それから父の家に戻るのだが、これはヨハンナの伝記と完全に一致している。ヨハンナは十四歳で母方の叔母エリザベータ・ゲスナー（Elisabetha Geßner, 1785–1858）の家に移り住んだ。エリザベータの夫は北ドイツのブレーメン出身のヨハン・ヴィヘルハウゼン（Johann Wichelhausen, 1773–1838）という人で、彼は生まれ付き病弱だったためブレーメンを出てチューリヒに移住し、そこで地元の娘エリザベータを娶る。彼女は夫ヨハンと死に別れ、子供もなく一人で寂しく暮らしていた。エリザベータはメタの親戚であったので、メタは自分の娘たらをチューリヒのエリザベータの家に預けて、教育してもらった。

メタは自分の娘たちが女一人でも、つまり裕福な男と結婚できない場合でも生きていけるような教育を施した。それは音楽とフランス語だった。或いは看護婦になることもできたかもしれない。

この叔母エリザベータの家はブレーメンの家（Brehmerhaus）と呼ばれていたが、のちにシュピリ夫妻はエリザベータが亡くなったあと、この家を買い取って、しばらく暮らすことになる。

十六歳でヨハンナは堅信礼を受け、十七歳でスイス国内でフランス語を話す州（カントン）の一つであるヴォー州（ドイツ語でヴァートラント）の知人宅（ドゥプレー家）に一年ほど預けられる。ヘレネなどのフィエトルの娘たちもチューリヒに一年間預けられている。ヨハンナが生きたヨーロッパの上流社会では、異国の娘を預かったり自分の娘を外国に預けたりする風習が、一般的に行われていたように思われる。ところがフローニは貧しい家に生まれたので、いきなり生きていくために働かなくてはならなかったわけだ。

ヴァートラントに滞在したあと、ヨハンナは作中の「私」と同様に、父の家に戻って来る。ここで唐突に「叙事詩オデッセイ」とか「心の内でギリシャの土地を求め（das Land der Griechen mit der Seele suchend）」などと言う文句が出て来て面食らうのだが、これもまた調べてみるとゲーテと関わりがあって、彼が作った戯曲『タウリスのイフィゲニー（Iphigenie auf Tauris）』に出て来るセリフなのである。

また続いて、『そう、すべての驚異の仕業は、最初の日から素晴らしかった（Ja, alle Deine Wunderwerke sind herrlich wie am ersten Tag!）』という謎のセリフがあるが、これはゲーテ『ファウスト』の「天上の序章（Prolog im Himmel）」冒頭の天使ラファエルのセリフに見える。

Die Sonne tönt, nach alter Weise, 太陽は鳴り響く、太古からのやり方で、
In Brudersphären Wettgesang, 兄弟星らと歌を競いながら、
Und ihre vorgeschriebne Reise あらかじめ定められた旅路を

Vollendet sie mit Donnergang. 雷鳴をとどろかせながら邁進する。
Ihr Anblick gibt den Engeln Stärke, その眺望は天使に力を与える。
Wenn keiner sie ergründen mag; 誰も彼を究明できないとしても、
die unbegreiflich hohen Werke その認識しがたい高尚な作品は
Sind herrlich wie am ersten Tag. その原初の日から素晴らしい。

ここでも Weise と Reise が、Wettgesang と Donnergang が、Stärke と Werke が、mag と Tag がそれぞれ押韻していることがわかる。

この詩に続く本文中の言葉、

die (= der Reichtum unsichtbarer Güter) ich zu schöpfen wußte aus allem Geschaffenen an der Hand des Dichterfürsten, der mich jenes Wort gelehrt. Er hatte mich zu Quellen geführt, an denen ich durstig trank und trinkend dürstete nach mehr, mit dem Wonnegefühl, daß die Quellen unerschöpflich und für jeden Menschendurst genügend seien. その目に見えぬ財産の宝庫とは、私にあの言葉を教えてくれた「詩人侯爵（Dichterfürst）」の手によって創作されたものであると考えるようになった。彼は私を泉に導いてくれた。この上なく幸せな気分にさせる、

万人の渇きを癒やす、汲めども尽きぬ泉。私の渇きはその泉の水を飲めば飲むほどに昂じていった。

これほどまでに絶賛されている「彼」とは文脈上ゲーテに他ならないのである。「詩人侯爵」とはずいぶん大仰な言い方だが、事実ゲーテはヴァイマル公国の宰相に任命され、神聖ローマ皇帝から叙爵されている（領主ではなく、特定の爵位の無い、名誉貴族らしい）。

ヨハンナはこの頃、宗教的に余りにも厳格な父母を嫌い、ひたすらゲーテの詩境を追求していた。ヨハンナはしばらくの間、私たちには『ハイディ』でおなじみの、その独特の美しい筆致でもって、山里の牧歌的な世界を描いてみせる。私たちは、『フローニ』冒頭に掲げられていた陰鬱な墓地のイメージを半ば忘れかける。しかしすでに提示されていたフローニの奇妙な性癖は後半部分で伏線回収されることになる。フローニは言わば、中二病をこじらせた大人のように、成長しても妄想を捨てきれず、口先だけの軽薄な男にひっかかって、村を去ってしまう。

Menschliches Wesen, 人間の本質とは
Was ist's? – Gewesen! なんだろうか？　過ぎ去ることだ！
In einer Stunde もうじき

Geht es zu Grunde 土に還る
Sobald das Lüftlein 死のそよ風が
des Todes d'rein bläst. 吹き込むやいなや

Wesen と Gewesen が、また Stunde と Grunde が押韻している。これもまた後にバッハが曲（カンタータ BWV 451）を付けたパウル・ゲルハルトの詞『喜びあふれる金色の太陽（Die güldne Sonne voll Freud und Wonne)』の一節である。おどろおどろしく、フローニの暗転する運命を予言する。

実は『ハイディ』で、フランクフルトから帰って来たハイディが目の見えないペーターのおばあさんのために読んで聞かせるのも、この『喜びあふれる金色の太陽』なのである。これは全部で十二番まである比較的長い詩で、そのうちの八番をハイディはおばあさんに読み聞かせるが、『フローニ』に引用されたペシミスティックな部分は省かれている。ラストの二番は、おばあさんのリクエストに応えて再び朗読される。

Kreuz und Elende 十字架と苦しみ
Das nimmt ein Ende, それには終わりがある。

Nach Meeresbrausen 海の轟音や
Und Windessausen 風のうなりの後には
Leuchtet der Sonne erwünschtes Gesicht. 待ちかねた人々の顔を太陽が照らす

Freude die Fülle あふれる喜びと
Und selige Stille 至福の静けさ
Darf ich erwarten 私は待っている
Im himmlischen Garten, 天国の園で
Dahin sind meine Gedanken gericht'. そこで私の考えが裁かれるのを

これもまた死を予感させる不吉な歌ではあるが、『フローニ』と『ハイディ』では、まったく正反対の効果をこの歌に持たせているところが面白いではないか。

Mir ist Erbarmung widerfahren, 私に哀れみがふりかかる、
Erbarmung, deren ich nicht wert; 哀れみ、私はそれに値しない。
das zähl ich zu dem Wunderbaren, それは驚くべきことの一つだが、

mein stolzes Herz hat's nie begehrt. 私の自負心がこれまでそれを欲しなかった。
Nun weiß ich das und bin erfreut 私はそれを知っただけで十分だ
und rühme die Barmherzigkeit. 私は哀れみを褒め称える。

『フローニ』には多くの詩句が断片的にちりばめられているが、右はフィリップ・フリードリヒ・ヒラー（Philipp Friedrich Hiller 1699-1769）という人の詩である。彼もまた福音派の賛美歌の詩人だった。

続く言葉「あなたさえいれば、私は天にも地にも何も求めない（Wenn ich nur Dich habe, so frage ich nichts nach Himmel und Erde）」これは旧約聖書の詩編七十三章二十五節から取られている。

詩句の引用はさらに続く。バッハが曲（BWV 467）を付けたゲルハルトの詩『私はあなたを行かせない（Ich laß Dich nicht）』。

Ich laß Dich nicht, Du Hülf in allen Nöten! 私はあなたを行かせない、あなたはすべての窮地を救ってくれる！

Leg' Joch auf Joch, ich hoffe doch, 重荷に重荷を重ねても、私はそう望む
Auch wenn es scheint, als wolltest Du mich töten, たとえあなたが私を殺そうとするように見えても
Mach's wie Du willst, mit mir, 私を、あなたの好きなようにしなさい、
Ich weiche nicht von Dir! 私はあなたから離れない、
Verbirg auch Dein Gesicht, あなたは姿を見せず、
Du Hülf in allen Nöten. どんな苦難も救ってくれる
Ich laß Dich nicht! Ich laß Dich nicht! 私はあなたを行かせない！　私はあなたを行かせない！

「深い窮地からあなたに叫ぶ（Aus tiefer Not schrei' ich zu dir）」という言葉が出て来るが、これはマルティン・ルターの賛美歌「深い苦しみから（Aus tiefer Not）」による。

Aus der Tiefe rufe ich, HERR, zu dir. 深い窮地から、主よ、あなたを呼ぶ。
Herr, höre meine Stimme! Lass deine Ohren merken auf die Stimme meines Flehens! 主よ、私の声を聞け。私の哀訴の声にあなたの耳を傾けよ。
Wenn du, HERR, Sünden anrechnen willst–Herr, wer wird bestehen? 主よ、あなたが私に罪を

負わせるのならば、主よ、誰が耐えられるでしょうか。
Denn bei dir ist die Vergebung, dass man dich fürchte. あなたを恐れる者には許しがあります。
Ich harre des HERRN, meine Seele harret, und ich hoffe auf sein Wort. 私は主を待ち焦がれます。私の心が待ち焦がれています。私はあなたの言葉を望んでいます。
Meine Seele wartet auf den Herrn mehr als die Wächter auf den Morgen; mehr als die Wächter auf den Morgen 私の心は朝を待ち望む人よりも、あなたを待っています。
hoffe Israel auf den HERRN! Denn bei dem HERRN ist die Gnade und viel Erlösung bei ihm. イスラエルよ、主を待ちわびよ。彼の慈悲と救済を。
Und er wird Israel erlösen aus allen seinen Sünden. そして彼はイスラエルをすべての罪から救う。

続く「あなたさえいれば、私は天にも地にも何も求めない（Wenn ich nur Dich habe, so frage ich nichts nach Himmel und Erde）」は旧約聖書詩篇七十三章二十五節に出る。まだまだ続く。次はまたゲルハルトの詩「私があなたをどう感じるか（Wie soll ich dich empfangen）」である（バッハのクリスマスオラトリオ BWV 248 の一部に使用されている）。四行でひとまとまりで、隔行で押韻している。

Ich lag in schweren Banden, 私は重い枷に拘束されている、
Du kommst und machst mich los! あなたは来て、私を解放する！
Ich stand in Spott und Schanden, 私はばかげていて、はずかしい
Du kommst und machst mich groß; あなたは来て、私を大きくする、

Und hebst mich hoch zu Ehren そして私を気高くする
Und schenkst mir großes Gut, そして偉大な贈り物をしてくれる、
Das sich nicht läßt verzehren, それは尽きることはない、
Wie Erdenreichtum thut! 地上の財宝のようには。

「聖書の隣にある」「古い歌を集めた本」、それがゲルハルトの詩集だった。

『フローニ』には当時のスイスの厳しい現実がありのままに描かれている。ヨハンナはそれを母やゲーテや聖書などから取ってきたたくさんの美しい詩句で飾った。

『フローニ』は作品自体が一つのエピタフ（墓碑銘）だ。私たちは『フローニ』を読んで、何の救いもなく生きて、人生に失敗して、苦しんで死んでいった、スイスの貧しい娘の墓を訪れた気持ち

になる。それがこの小説の主題だ。

私は、フローニが結婚した「粗野」な「大工」が『ハイディ』に出て来るアルムおじさんか、或いはその息子のトビアスではないかと感じた。トビアスは大工（Zimmermann）であると『ハイディ』にも書かれている。彼はマイエンフェルトからメールス（Mels）という町まで、大工の修行に行き、帰って来て大工の仕事をしている最中に、落ちてきた梁につぶされて死んだ。トビアスはどちらかと言えば温厚な性格の持ち主として描かれているのだが、その父のアルムおじさんは粗野な大工そのものである。『ハイディ』の中で彼はZimmermannとは表現されていないものの、ハイディがペーターのおばあさんに語るセリフの中で、次のように表現されている。

er alles aus Holz machen könne, Bänke und Stühle und schöne Krippen, wo man für das Schwänli und Bärli das Heu hineinlegen könnte, und einen neuen großen Wassertrog zum Baden im Sommer, und ein neues Milchschüsselchen und Löffel, 彼は木からすべてを作ることができる、ベンチや椅子、スヴェンリ（小白鳥）やベルリ（小熊）に干し草を与えるための立派なかいば桶、夏に行水するための新しい大きなたらい、新しい小さなミルクボウルにスプーン。

ハイディの椅子をあっという間に作ったり、家具や食器を作ってパンやチーズと交換したり、自分で家具を修理したり、ペーターの家を修繕してやったり、ペーターにソリの作り方を教えたり、またデルフリ村の廃屋を修理して冬の家にしたりしている。彼は明らかにプロの大工として描かれている。

デーテはアルムおじさんが、ナポリで傭兵になり人を喧嘩で殴り殺して脱走した、などと言っており、また、彼のことを牧師は「広く世界を巡り渡って、たくさん見聞し学ぶことができた（weit in der Welt herumgekommen und habt viel gesehen und vieles lernen können）」などと言っている。アルムおじさんが、『フローニ』の大工の男のように、若い頃船乗りで南洋まで航海して来たと考えて、まったくおかしくない。

フローニと大工の男の間には一人の男の子が生まれた。そしてフローニは死に、男の子は母を失う。では、それから大工の男とその息子はどうなっただろうか。

この男の子の境遇はハイディの父トビアスにそっくりなのだ。つまりフローニはハイディの祖母なのではないか。『ハイディ』は『フローニ』の続編として、何の不自然さもなくつながるのである。

総合してみるとこうなる。

アルムおじさんこと粗暴な大工の男はスイスのグラウビュンデン州の中でも一番山奥のドムレシ

ユクという村の裕福な家庭に生まれるが、彼は典型的な放蕩息子で、ナポリで船乗りになって世界を渡り歩く。しかし金が続かずに傭兵になるが酔って人をなぐり殺し、生まれ故郷のスイスに逃げ帰る。チューリヒの郊外の村でフローニという貧しい娘に出会う。フローニは夢見がちな少女で、夕日に燃える雪山の下には日の沈まない楽園があると信じている（ジュール・ヴェルヌ『地底旅行』（一八六四）の影響か）。一方、大工の男は誰にも相手にされなかったが、フローニは気にしない。男は船で世界中を旅して、極彩色の鳥がいて美しい花が咲く国を知っているという。フローニはこの男こそ自分を楽園に連れて行ってくれる男だと思い結婚するが、遠くに行くわけでなく、生まれ故郷の近くで毎日働かされ、夫は仕事もせずただ飲んだくれている。そのうちにフローニは一人の男の子を産むがフローニは仕事も家事も嫌でたびたび逃げ出す。男の子は火の付いたように泣き、大工の男はたびたびフローニに暴力をふるう。フローニは牧師の説得に応じて男の家に戻るが、重い病にかかって長患いしたあげく死んでしまう（体中に開いた傷口があり、非常に痛い病気とは何か？　よくわからない）。フローニの死後、一人の男の子を連れて大工の男ことアルムおじさんはドムレシュクに戻って来るが、村人は誰一人として相手にしてくれない。そこで母方の親戚を頼ってデルフリに住み着く。アルムおじさんの子トビアスは大工の学校に通ってアーデルハイトと結婚し彼女はハイディを産むが、トビアスは工事現場の事故で死に、悲嘆にくれたアーデルハイトも夫のあとを追うように死んでしまう。ハイディはアーデルハイトの母に預けられ、アーデルハイトの妹のデーテは母とともに姪のハイディを育てる。アルムおじさんはますます頑固になってアルムに引きこもってしまう。

しかるに、ヨハンナのほかの話もいろいろ見てみると、粗暴な大工というのは『彼らの誰も忘れない』に出て来るロベルトやその父もある意味そうである。探すともっと似たような例が見つかるかもしれない。スイスは林業の国なので大工は普通にいただろう。貧しい男たちは体だけが資本で、林道などの工事現場で働いたり、傭兵に行くこともあっただろう。ペーターのお父さんもキコリで、木の下敷きになって死んだ。ヨハンナは単に同じようなネタを使い回しただけかもしれない。

私としては、ヨハンナが『ハイディ』を彼女の処女作『フローニ』の続編としても解釈できるように書き、それを読者に発見してもらおうとしたのではないか、と思いたいのである。『ハイディ』にそういうトリビアがあるとしたら、楽しいではないか。

今更ながら『フローニ』を読み返してみると、この小品には作家ヨハンナのエッセンスがすべて備わっているように思える。『フローニ』は『ハイディ』の「胚芽」なのだ。

思うに、語呂合わせ程度とは言え、きちんと押韻した歌を、初等教育も終えてない少女が作れる可能性は低い。そして「教会番の家が狭い、父さん外に出してください」などという歌を教会番の娘以外が作る必然性もない。ということは、もと中産階級以上の教養のある没落貴族が教会番となり、その若くとも十九か二十くらいの娘がフローニのモデルとなったのではなかろうか。

ヨハンナがヒルツェルの教会番の娘と子供の頃から非常に親しく、一緒に学校にも通い、同時に卒業したということは、おそらく実話であろう。フィクションを交える必要がない。そしてもう一人、詩才に恵まれた教会番の娘という別の人物がいて、青年期にゲーテにどっぷりはまったヨハンナを驚嘆させたに違いない。本文中に出てくる「王家の迷子（ein verlornes Königskind）」「王族か何かのような（etwas Königliches）」という言葉はそれを暗示してはいないだろうか。その二人の（或いはもう少し多くの）モデルを合成してフローニという物語が成立したのではないか。

【マリー――Marie】

この『マリー』というごく短い話の中には、虚構や脚色が入り込む余地がほとんどなく、登場人物も少なく、ストーリーもいたってシンプルである。ヨハンナの夫ベルンハルト・シュピリ（Bernhard Spyri 1821-1884）はチューリヒ市の書記官（Stadtschreiber）として、『チューリヒ市の孤児院の百周年記念に際する物語的な回顧（Das Waisenhaus der Stadt Zürich –

Geschichtlicher Rückblick bei der Feier seines hundertjährigen Bestehens)』という報告書に署名している。妻のヨハンナも孤児院の子供たちの面倒をみて、マリーのような女の子を知り、それをそのまま書いたのだろうと推測される。ストーリー展開も『フローニ』のように時系列が入れ替わることもなく、過去から現在までが淡々と書かれている。

マリーは貧乏な家に生まれ、母に毎晩物乞いに行かされた。何かをもらって来ないと晩ご飯を食べさせてもらえない。マリーは花が好きで、特に白百合が大好きで、物乞いに歩きながら方々の庭の花壇を見て回った。ある晩、白百合がきれいな庭に見とれていると夕立にあって、マリーはあわてて何ももらわずに家に帰る。腹を立てたマリーの母は、怒ってマリーの足をフライパン(Herdplatte, 直訳すると「かまどの板」)で殴る。足を負傷したマリーは入院するが、家庭内暴力によって虐待されたことに気付いた医者は、マリーを養護施設に入れる。ところがマリーは施設の婦長と相性が合わない。旅先で人にもらった百合の花を婦長にへし折られた件以来腹を立てていた。マリーはやがて堅信礼を受けて、養護施設を出て働き始めるが、重い病気(おそらく結核)にかかって入院する。マリーは自分の死が近いことをさとり、天国の百合の園に行くことを願う。ところが天使が百合の園を雲で覆ってしまうという夢を見る。天使は、マリーが神様に婦長を懲らしめて欲しいと願ったために、神様に派遣されて、マリーを百合の園に入れさせないのだという。マリーは婦長を呪ったことを悔いて死んで行く。

『フローニ』と『マリー』、どちらの作品でも「私」は、いわば単なる語り部、主役の観察者、登場人物や場面の説明者に過ぎない。『マリー』にいたっては、「私」はほとんど完全な観察者に徹している。

銀盃花と月桂樹の詩は、ゲーテの『ヴィルヘルム・マイスターの修業時代』が出典であり、シューベルトが曲を付けている。

Kennst du das Land, wo die Zitronen blühn? あなたは知っているか、レモンの花咲く土地を。
Im dunklen Laub die Goldorangen glühn, 濃緑の木立の中に金色の果実が輝き、
Ein sanfter Wind vom blauen Himmel weht, そよ風が青空から吹き、
Die Myrte still und hoch der Lorbeer steht? 銀盃花が静かに立ち、月桂樹が高々とそびえる土地を。
Kennst du es wohl? Dahin, dahin あなたはそこを知っているか、そこへ、そこへ
Möchte ich mit dir, o mein Geliebter, ziehn. 私はあなたと、おお愛しい人よ、ともに行ってみたい。

マリーが祈祷書に見付けた次の歌は、私の調べた限りでは作者不明であるが、ヨハンナの母メタがこのような宗教詩を作ったとしても不思議ではない。

Denn was ich nicht vollbringen kann, 私が成し遂げられなかったことを、
Das hast Du schon für mich gethan. あなたは私のためにやってくださいました。
Drum wenn mir angst und bange ist, 私に不安や心配があるときは、
Flieh' ich zu Dir, Herr Jesus Christ. 私はあなたのもとへ飛んで行きます、主イエス・キリスト。

【故郷で、そして異国で――Daheim und Fremde】

主人公のマルタ（Martha）は迷信深い父母の反対を押し切って、ある若い資産家と結婚し、夫の「城」へ引っ越す。その土地はマルタの故郷とは風景がずいぶん違っていて、山も見えず、広々と平原が広がっている。おそらくスイスの外の世界、ドイツのどこかを暗示している。

マルタの父母は彼女にロジーネ（Rosine）という女中を付けてやる。

「城」にはフェリックス（Felix）という無口な老人が庭師として働いている。マルタは都会の華

やかな文化的生活に憧れていたが、たちまち幻滅してしまう。夫は教会にも行かず、部屋に閉じこもりがちで、家の万事を思い通りにしないと気がすまない。マルタに息子ヴィリー（Willi）が生まれる。彼は早熟で聡明な子だったが肺炎で急死してしまう。夫はますます偏屈になる。やがて夫も脳卒中で死に、マルタはロジーネとともに故郷に帰り、父母と和解する。

『フローニ』と『マリー』が不幸な貧しい娘、つまり作者のヨハンナとは全然違う境遇の人間を主人公にした物語であるのに対して、この『故郷で、そして異国で』は明らかにヨハンナ自身が主人公マルタのモデルになっている。『フローニ』で、脇役にもかかわらず、何かよくわからないことをあれこれと思い悩んでいた「私」がここでは明確に主役である。私たちは『フローニ』の語り部「私」の悩みが少しわかった気になるが、余計に謎が深まった気にもなる。

ヨハンナもかつて都会の知的生活に憧れた。しかし観劇や朗読会などの社交の場は、ヨハンナにとってはつまらないものにしか過ぎなかった。彼女は結婚生活で「一種のちょっとしたホームシック（ein wenig Heimweh）」にかかってしまう。

この話はヨハンナ自身の体験も織り込まれているが、全体としては明らかにフィクションである。ロジーネは教会番の娘であって、フローニと共通のモデルがいるものと思われる。ヨハンナの伝記によれば、結婚した後も家事は女中がやってくれたというから、この女中はロジーネのように実家からついて来たのかもしれない。ヨハンナにも息子ベルンハルト・ディートハイム（Bernhard Diethelm, 1855–1884）がいた。彼はヨハンナよりも早く死ぬが、この話を執筆しているときにはまだ生きている。

マルタの息子ヴィリーは、夫と二人の味気ない結婚生活にまったく新しい希望を与えてくれた。

Müde bin ich, geh' zur Ruh'? 私は眠い、もう寝なくては
Schließe beide Äuglein zu, 小さな二つの 目を閉じて
Vater, laß das Auge Dein 父さん、あなたの目を
Über meinem Bette sein, ベッドから離さないでください。

Hab' ich Unrecht heut gethan, 今日私は、悪いことをしました。
Sieh es, lieber Gott, nicht an! 神様、どうか見ないでください。
Deine Gnad' und Jesu Blut あなたの情けとイエスの血は、
Machen allen Schaden gut. すべての損失を償います。

これはルイゼ・ヘンゼル（Luise Hensel, 1798–1876）という十九歳のカトリックの娘が作った『私は眠い（Müde bin ich）』という詩で、今日では子守歌として知られる。彼女はメンデルスゾーン（Felix Mendelssohn Bartholdy, 1809–1847）の義理の姉（ルイゼの兄にメンデルスゾーンの姉が嫁いだ）で、多くの男たちに愛されたが彼らはみな失恋し、ルイゼは二十二歳で処女の誓いを立ててしまう。以来彼女は静かで敬虔な生涯を送った。キリスト教国では子守歌にまで「イエスの血による贖罪」が歌われているのかと、私たちならばぎょっとするところだが、もともと子守歌というよりは比較的純粋な宗教詩だったようだ。ふだん子供らが何気なく口ずさむ歌謡に、残酷な意味が含まれていることを、ヨハンナは巧みに利用している。

「ママ、天使が来るまで手を離さないでいて。」「そしてあなたが死んだらすぐに、僕が天使になって、神様に遣わされて、あなたの手を取って天国の門まで連れて来てあげる。」

この死に行く子供のセリフは余りにもリアルである。どんなモデルがいたのだろうか。ヨハンナの兄弟の中で一人早世した男の子だろうか。

Vater, ich habe gesündigt im Himmel und vor Dir, und bin hinfort nicht mehr wert, Dein Kind zu heißen. 父よ、私は天とあなたに罪を犯しました。私はもはやあなたの子供と呼ばれる資格がありません。

これは、マルタがヴィリーを失ったときに、故郷の父に宛てて書いた手紙の中の文であるが、その由来は「表題」のところで説明した通りだ。

『フローニ』にも同様のくだりがある。

彼は良き羊飼いのように、迷っている羊たちに説教をしていた。そして、彼の群れのなかでも一番ちっぽけな子羊も、彼は一生懸命探し出そうとした。立派で素晴らしい羊たちの群れを飼っていながら、彼に安息はない。迷っている羊を再び見付け出すまでは！　私の心の中に今一度思い起こされた、その羊は私だ！　そのちっぽけな、迷い出た羊は私だ！（das Schaf bin ich! das geringe verlorene Schaf bin ich!）その羊飼いは私を探していたんだ！　彼は私に与えられたのだ！　夢見る者のように私は教会から家に帰った。それは私の心を癒やす、心の中にわき出す命の泉だ。私は一人の羊飼いに飼われているのだ。彼は私を愛する。彼は私の失意を知っている。彼は私を探す。彼は手をさしのべてくれる！

ヨハンナは実は『ハイディ』の中でアルムおじさんにもこれとまったく同じセリフを言わせているのである。ハイディがおじいさんにこの「放蕩息子」の話を聞かせてやった。すると、

faltete auch er die Hände, und halblaut sagte er mit gesenktem Haupte: "Vater, ich habe gesündigt gegen den Himmel und vor dir und bin nicht mehr wert, dein Sohn zu heißen!" Und ein paar große Tränen rollten dem Alten die Wangen herab. 彼は手を組み合わせ、頭を垂れて、やや声を上げて言った、「父よ、私は天とあなたに対して罪を犯しました。私はもはやあなたの息子を名乗る資格がありません。」そして一対の大きな涙の筋が老人の頬の上をつたった。

なぜこれほどまでに、ヨハンナはこのモチーフにこだわるのか。ヨハンナは一八五一年に結婚して親元を離れ、一八五八年に息子ベルンハルト・ディートハイムを生み、一八五九年に父を失っている。この時期にヨハンナは精神的に病んでいて、しかも（『若い頃』に出て来るクラのように）肉体的にも長期間患っていた可能性がある。そして聖書を開いたとき、ただ知識としてだけ知っていたことがらが、今は心の中までしみこんで来て、まるで自分のことが書かれているように感じられた。ヨハンナ自身がそういう体験をしたのは間違いなかろう。

最初に父によって朗読され、最後にもう一度繰り返される次のフレーズは、旧約聖書詩編百二十六に載る。

Wenn der Herr die Gefangenen Zions erlösen wird, so werden wir sein wie die Träumenden.

主が囚われたシオンを解放したとき、われらは夢見る者のようであった。

Dann wird unser Mund voll Lachens und unsere Zunge voll Rühmens sein. Da wird man sagen unter den Heiden: Der Herr hat Großes an ihnen gethan. その時われらの口は笑いで満ち、われらの舌は賞賛の声で満ちた。その時人々は荒れ野で言った、「主は彼らのために大いなる事をなされた」と。

Der Herr hat Großes an uns gethan, deß sind wir fröhlich. 主はわれらのために大いなる事をなしたので、われらは喜んだ。

Herr, wende unser Gefängnis, wie Du die Wasser gegen Mittag trocknest. 主よ、砂漠の涸れ川に水を戻すように、虜囚となったわれらを解放してください。

Die mit Thränen säen, werden mit Freuden ernten. 涙をもって種まく者は、喜びをもって収穫するだろう。

Sie gehen hin und weinen und tragen edlen Samen und kommen mit Freuden und bringen ihre Garben. あなたがたは泣きながら高貴なる種を携えて出て行き、喜びながら収穫の束を携えて帰るだろう。

ヨハンナが引用する聖書はルター訳であるが、「主よ、我らの虜囚を覆してください、あなたが南の水を乾かすように（Herr, wende unser Gefängnis, wie Du die Wasser gegen Mittag trocknest.）」の箇所がちんぷんかんぷんだ。同じ箇所の『新共同訳』を参照してみる。

主がシオンの捕われ人を連れ帰られると聞いて
わたしたちは夢を見ている人のようになった。
そのときには、わたしたちの口に笑いが、
舌に喜びの歌が満ちるであろう
そのときには、国々も言うであろう、
「主はこの人々に、大きな業を成し遂げられた」と。
主よ、わたしたちのために
大きな業を成し遂げてください。
私たちは喜び祝うでしょう。
主よ、ネゲブに川の水を導くかのように
わたしたちの捕われ人を連れ帰ってください。

涙と共に種を蒔く人は
喜びの歌と共に刈り入れる。
種の袋を背負い、泣きながら出て行った人は
束ねた穂を背負い、喜びの歌を歌いながら帰って来る。

新バビロニアのネブカドネザル二世によってとらえられたユダヤ人は、新バビロニアがアケメネス朝ペルシャに滅ぼされることによって解放された。いわゆる「バビロン捕囚」である。『新共同訳』では唐突に「ネゲブ」という地名が出て来るのだが、これはパレスチナの南、エジプトと境を接するネゲブ沙漠の涸れ川が、雨期になると水が流れることを言うのだとされる。ヨハンナはマルタの帰郷を、泣きながら出て行ったものが笑いながら帰って来る、バビロン捕囚になぞらえたかった。

【若い頃――Aus fuühen Tagen】

この話は、村で生まれ育った男と女がくっついたり離れたりするという、ある種たわいのない、

普通の恋愛物語である。ヨハンナがこんな話を書くとは珍しい。

登場人物が多く、群像劇のようでとりとめのない印象があるが、実質的な主人公はマリーという「私」の幼馴染みの女の子（『マリー』に出て来るマリーとはもちろん名前が同じだけ）である。マリーの家は小作人をたくさん雇い納屋や物置なども持つ大農家である。マリーはヨハネス（Johannes）という男と結婚するものだとばかり思っていたが、彼はリゼという別の女の子とくっついてしまう。「偽善者リゼ（Pharisäerlise、直訳すればパリサイ人のリゼ）」は『ハイディ』に出て来るロッテンマイヤー女史のように、がちがちの堅物として描かれている。鼻がとんがっていて（鼻のとがった意地悪そうなおばあさんは『フローニ』にも出て来る）、いつも「干してカチカチになったローズマリーの茎（steifblättrigen Rosmarinstengel）」を持ち歩いている。灰色がかった、房のように密集した細い葉を持つローズマリーは薬用ハーブであり、夏は虫除けに使われ、悪魔から身を守る力を持ち、聖母マリアの貞節を表している。ローズマリーはリゼの象徴として描かれている。対照的にマリーを象徴するのは「真っ赤なカーネーション」と「緑の銀盃花の枝」である。「私」はリゼとは正反対に、学校でいつもふざけているだらしない存在である。リゼはいつも「私」を無視して、正面から見ようとしない。

マイエリ（Meieli）という少女は貧しい家庭に生まれ、母は死に、父と姉はたくましいが、マイエリは母に似てひ弱い。マイエリは家族の手伝いで真冬の森の中を毎晩牛乳運びに行かされる。見かねて彼女を手伝ってやったのは、いつもリゼを小ばかにしているルディ（Rudi）という男の子だった。マイエリは春先に死んでしまう。新しく村にやって来る牧師のために秋から習わされていた賛美歌を、子供たちがマイエリの葬儀のために歌わされる場面は恐ろしく残酷だ。

リゼは「再洗礼派」の集会に皆を誘おうとする。そこにはスイスに亡命したリヒャルト・ヴァーグナー（Richard Wagner, 1813–1883）のような（原文中 ein Wagner とはヴァーグナー本人ではなく、ヴァーグナーのような人、もしくは一人のヴァーグナー支持者と解するべきだろう）が登場する。ヴァーグナーがチューリヒに亡命していたのは一八四九年からの十年間で、彼はこの期間に次々と『ローエングリン』『ニーベルングの指環』『トリスタンとイゾルデ』などを作曲している。一八四九年当時ヨハンナは二十二歳の独身でベルンハルトとはすでに知り合いだった。彼はまさにヴァーグナーの支援者の一人であったから、もしかすると、この ein Wagner とはベルンハルトがモデルかも知れない。ヨハンナにはヴァーグナーが中身のない、ただ威勢の良いだけのほら吹きに思えたのだ。それはヴァーグナーの一般的な評価とも通じる。

再洗礼派（アナバプテスト）とは無自覚な新生児に施した洗礼は無効であり、本人が十分に成長したあとに本人の意志で洗礼を受けるべきであるというプロテスタントの一派であり、チューリヒでツヴィングリ（Huldrych Zwingli, 1484–1531）が始めて、ルターと対立した。つまり本来チューリヒは再洗礼派の本場である。その再洗礼派とヴァーグナーに直接の関係はないように思う。ヴァーグナーは反ユダヤであり、キリスト教はインドに由来するなどという特異な宗教観を持っていた。亡命して来たヴァーグナーを厚遇した母体がチューリヒの再洗礼派であったということだと思われる。ということはヨハンナの夫ベルンハルトも再洗礼派であったかも知れない。

マリーは失恋で失意のどん底にいるとき、大好きだった祖母を思い出し、祖母の墓で泣いているうちに、祖母が残した聖書のことを思い出し、その聖書を読んでみると、まさに自分のことが書かれていることに気付き（『フローニ』とまったく同じ展開である）、やがて自分を取り戻していき、結局フィリップ（Philipp）という別の男と結婚して幸せになる。

ルディは冗談が好きでいつもリゼをからかっている。「私」は彼のそんなふざけたところに共感し、まじめくさったリゼを嫌っている。彼はマルグリトリ（Margritli）という幼馴染みの女と結婚し、ヨハネスはリゼと結婚してリゼの尻に敷かれる。その恋愛群像劇の渦中に「私」は入って行かない。『フローニ』や『マリー』と同じように「私」は名前もなく、物語の外から、登場人物たちを観察し彼らを紹介し、賛同し批評するだけだ。

新しい牧師とともに村にやって来たクララ（Klara）という娘は異様で難解だ。彼女は一人だけストーリーから浮いているように見える。クララがいなければこの話はもっとすっきりと、わかりやすかっただろう。しかしヨハンナはどうしてもこのクララという女性を話の中に挿入しないわけにはいかなかった。

クララはヨーロッパのインテリゲンチャの象徴で、地元に土着した農家の娘マリーとは好対照。クララはマリーが恋愛に失敗して破滅するのは無教養な田舎娘だから仕方ない、救いようがないと決め付ける。

「私はクララの中にたった一点だけうまく説明の付かない欠陥があるのを感じていた。」「私はどこが欠けているのかわからなかった」「私は、何もかもが完璧で才能に恵まれた彼女から、ときどき単純素朴なマリーから受けるような、何かが欠けた印象を受けたのだ。」ヨハンナはクララに信仰心が欠けていると言いたいのだ。クララはその後、数年間肉体的・精神的に病み、知的欲求すら失われる。クララは言う、「私にはもはや喜びはない、私は人生に耐えるだけ」「私は病んでいるとき、人生の喜びを取り出そうと、ありとあらゆる泉から水を汲んでみた。しかしすべて無駄だった。その代りに私が得た知恵とは、すべての人生の喜びをあきらめたところに心の平安があり、何の望みももたないことだけが幸福であるということ。」

『フローニ』に出て来る「私」にも、『彼らの誰も忘れない』に出て来るザラにも、クララに似た、「青春の葛藤」としか言えないような不可解な描写がある。例えば『フローニ』の中で、

eine dunkle Macht an mich herantrat in diesem Leiden, gegen die ich keine Wehr mehr hatte. Hätte ich auf jene Stätte des Elends mit der Odyssee in der Hand treten können und das zerschlagene Leben mit homerischer Heiterkeit aufwecken? その苦しみのさなかで、何か重苦しい力が私に迫って来たが、私はそれに対抗する武器を持たなかった。そんな苦しみの場所で私がオデッセイを感じ得たろうか。そんな打ちのめされた人生でホメロスのように快活でいられただろうか。

Manchen tiefen Kampf, den ich nicht vor Menschenaugen auszukämpfen vermochte, brachte ich auf die stille Stätte, und manche Stunde nagender Unruhe wurde unter der schweigenden Eiche durchgerungen. Das Schönste, was von vergänglicher Herrlichkeit, und das Bitterste, was von Erdenweh in mein Leben gekommen ist, habe ich an jenem stillen Hügel niedergelegt; 私はその静謐な場所で、人の目の前に戦い出ることができないいくつかの深刻な問題と戦い、もの言わぬカシの木の下で不安にさいなまれながら独りで格闘していた。天界のこの上なく無益な

美しさと、私の地上の人生からにじみ出す最悪な苦さの板挟みにあい、その丘の上に引き籠もっていた。

哲学問答のような難解な箇所である。「人の目の前に戦い出ることができない（ich nicht vor Menschenaugen auszukämpfen vermochte）」とは？　最初読んだときには何のことやらさっぱりわからず、正直飛ばしてしまいたかった。しかし他の作品にも同様な表現があるからには、ヨハンナにとって何か重要な意味があるのだろう。恋愛かもしれない。病苦かもしれない。家族との（宗教的な）不和かもしれない。夫ベルンハルトには隠しておきたいことかも知れない。ヨハンナは諸事情のためにぼかして書く必要があった。ともかく原義ができるだけ伝わるように、やや無理して一通り訳しておいたので、読者のみなさんにも考えていただきたい。『ハイディ』にはこういうたぐいの禅問答は出て来ない。

リゼや、ロッテンマイヤー女史のような、ある意味ではハイディもそうだが、どちらかと言えばわかりやすい、カリカチュアライズされたキャラクターを操ることをヨハンナは好む。思わせぶりな、意味深な人物は登場しない。しかし、ヨハンナ自身が投影された、彼女のアバターは例外であって、わざと謎めかせているというよりも、自分自身をどう作中に表現して良いのかわからず、しどろもどろになっているような印象を抱かせる。

オデッセイを感じ、ホメロスのように快活ではいられないとは、ヨハンナのコンテクストでは、ゲーテのように楽天的にはなれないと言いたいわけである。ゲーテは挫折知らずの放蕩息子だった。天衣無縫の詩人だった。ナポレオン・ボナパルトはゲーテを「彼の人生は半神の戦いにつぐ戦い、勝利につぐ勝利の足跡だった（Sein Leben war das Schreiten eines Halbgottes von Schlacht zu Schlacht und von Sieg zu Sieg）」と評した。この言葉はナポレオンがゲーテをだしにして自分を誇示したかっただけかもしれないが、いずれにせよ王侯や武人ではなく、文民としてゲーテほど成功した人は当時ヨーロッパに他にはいなかった。ヨハンナはしょせん自分はゲーテにはなれないと兜を脱いだのだ。

「青春の葛藤」の最中のクララに対して「私」は「それは、幸せであるというよりもむしろ死んでいるようなものじゃないの。」「病んでいるときにも、悲しいときにも、いつも新しい人生を汲みだすことができる泉があるわ。あなたは知らないでいるだけよ。マリーもその泉から汲んだはずだわ。今はもう彼女は子供の頃のように、元気はつらつとしている。」と言う。

たった一つの人生の泉が涸れても、ほかの何千の泉から飲めば良い。マリーのように一つの泉が涸れただけで破滅するのは教養がないからだ、とクララは言う。そこで引用されるのはまたしてもゲーテの詩「ハルツの冬の旅（Harzreise im Winter）」である。

Ist auf deinem Psalter, あなたの祈祷書にある
Vater der Liebe, ein Ton 父よ、一つの音に
Seinem Ohre vernehmlich, 耳を傾け
So erquicke sein Herz! 心を元気にせよ
Öffne den umwölkten Blick あなたのかすむ目を開き
Über die tausend Quellen 幾千の泉を見よ
Neben dem Durstenden 渇いた者のそばで
In der Wüste. 荒れ野の中で

クララ自身が逆境に陥って、ありとあらゆる教養の泉を飲んでみたが、無駄だったのだ。そこで引用されるのもまたゲーテの言葉だ。

Nach ewigen ehernen großen Gesetzen müssen wir alle unseres Daseins Kreise vollenden. Nur allein der Mensch vermag das Unmögliche: Er unterscheidet, wählet und richtet, er kann dem Augenblick Dauer verleihen. 大いなる、永遠の、青銅のおきてに従って、私たちは人生を

完結しなくてはならない。物事を見分け、選び、裁く者、一瞬を持続できる者だけが不可能を可能とし得る。

ヨハンナにとってゲーテは知的世界の象徴だ。幾千もの命の泉だ。しかしそれだけでは人間はいずれ煮詰まり、行き詰まる。そんなとき「信仰」「聖書」というまったく別の、涸れることのない命の泉をヨハンナは見付けた。それを彼女は「私」に代弁させ、クララに勧める。クララは最後まで、信仰というものに、聖書の言葉というものに懐疑的だったが、いつかはクララも信仰の重要さに気付くだろう、とヨハンナは暗示している。

ヨハンナが geistige Kräfte（精神の力）とか geistige Nahrung（心の糧）、Geist und Seele（精神と心）、Begeisterung（熱狂）、geistige Leben（心の命）、Geistesanlage（精神の素養）などと言うときの geistig とは religiöse Weihe（宗教的荘厳さ）とか religiöse Interessen（宗教的関心）などの religiös と対立する概念なのである。geistig と religiös はおそらくどちらも精神的なとか宗教的なとか、場合によっては霊的な、オカルト的な、スピリチュアルなという意味さえあると思うのだが、ヨハンナはこの二つをきっぱりと分けて考える。端的に言えば geistig とはゲーテのような文芸趣味のことを言う。religiös とはプロテスタント的な、福音的なものを言うのだ。例えば、

In diesem Hause war viel geistiges Leben; jedem mußte gewinnreiche Anregung werden, der da aus- und einging; nur die religiösen Interessen wurden wenig berücksichtigt, dieses ganze Gebiet ließ man, so viel wie möglich, unberührt. この家には精神的な命があふれていた。そこに出入りする人の誰にとっても刺激に満ちていた。ただ、宗教的関心はほとんど考慮されなかった。この分野は極力触れられなかった。

クララは母を失い父は海外で働いていたのでずっと親戚に預けられて育つ。その家庭環境は、文化的には刺激に満ちていたが、宗教性が欠けていた、と言いたいのだ。私はこの『若い頃』を読むまで、このことにはっきりと気付かなかった。この対立関係はヨハンナを理解する上では非常に重要だ。『フローニ』や『マリー』にもすでにみられるが、はっきりとは明示されていない。「私」とマリーは幼馴染みの仲良しだが、それはたまたま同じ村に生まれ育ったからだ。「一つの泉」とはマリーのように一つの村落共同体で一生を送る者を言う。「幾千もの泉」とはクララのように欧州全域をまたにかけて交流する知識階級の表象である。当時のヨーロッパには明らかにこの二つの階級があって、ヨハンナはそのどちらに属すれば良いかいつも自問している。成長するにつれて「私」はマリーよりはクララに近い人種であることを自覚する。クララは知識階級にありがちな不信心者であり、狭い世界に暮らし一途な信仰に頼る素朴なマリーに「私」は共感する。

マリーが、一日中感謝と喜びを唱える言葉とは、実は他でもない、ヨハンナの母メタが作った詩であった。

O Jesus Christ, mein Leben, おお、イエス・キリスト、私の命、
Mein Trost in aller Not, 私のすべての困窮の慰め
Dir hab' ich mich ergeben 私はあなたに身を委ねる
Im Leben, und im Tod. 命も死も
Ich will Dein eigen sein, 私はあなた自身です
Erlöser meiner Seele, 私の心を救う人です
Und ewig bist Du mein! あなたは永遠に私のものです。

クララもまたヨハネスを愛していた。ヨハネスは少なくともマリー、リゼ、クララの三人の女から愛されていたわけだからずいぶん色男だ。クララがほめた詩人というのはヨハネスだった。「クララはその若い詩人の高い目標と理想的な人格について私に熱く語った。まだ世間には知られてい

ないが、彼は足を道の塵で汚すことなしに（ohne sich vom Staub des Weges auch nur die Füße zu beflecken）世界中を放浪するような人生を送る人であると。」ずいぶん奇妙なほめ方だ。『ハイディ』の中にも似たような表現が出て来る。ロッテンマイヤー女史が、スイスの少女は『地面に触れることなく人生を過ごす（ohne die Erde zu berühren, durch das Leben gehen）』ほどに気高い存在だと本で読んだと言い、それに対してゼーゼマン氏が「足の代わりに羽根でも生えてない限り、スイスの子供だって、前に進もうと思えば地面に触れるだろう（dass auch die Schweizerkinder den Erdboden berühren, wenn sie vorwärts kommen wollen; sonst wären ihnen wohl Flügel gewachsen statt der Füße.）」という場面があるのだ。ヨハンナはスイスの少女がメルヒェンの世界の存在のように見なされていることに反発している。ところが『ハイディ』がヒットしたのは明らかに清浄で神聖なスイス娘をフィーチャーし、浮き世離れしたファンタジーの世界のように仕立てたからなのである。ヨハンナ自身がその架空のイメージをちゃっかり利用しているのだ。少なくともスイスの外の世界、特にハリウッドと日本ではまさにそこが受けているのだ。作家の性と言うべきか、或いは編集者の助言でもあったか。いずれにせよ、ハイディがフランクフルトに行き、再びアルプスに戻って来るというシナリオは、『故郷で、そして異国で』のマルタの焼き直しでもあるし、また、フランクフルトのハイディは『若い頃』のクララであり、アルプスのハイディは『若い頃』のマリーなのである。

「私」はヨハネスの詩集に、クララが熱中したというわくわくさせてくれるような箇所をずっと探し求めていた。しかしありきたりな、愛らしく、軽やかに装われた調べはあるが、迫力や独自性といったものにはまったくお目にかからなかった。「私」は、これらの詩に、単なる古典趣味以外に、何か格別な見どころを見出さなかった。その詩とは文中に書かれているように、こんなふうなものだっただろう。

Willst Du himmlische Rosen tragen, 天のバラを取りたいのかい
Mußt Du's mit den Dornen wagen. トゲに気を付けなよ

なるほど非常に良く整った、きれいなかわいらしい詩だ。
ヨハンナの故郷ヒルツェルはヨハンナと同い年の、一人の著名な詩人を輩出している。彼の名はハインリヒ・ロイトホルト（Heinrich Leuthold, 1827–1879）。彼とヨハンナが子供の頃一緒に学校に通っていたのは間違いない。しかもハインリヒ・ロイトホルトはいろんな女と浮名を流した、いわば女たらしであった。そのうえ、陳腐で愛らしく装われた調べはあるが、迫力や独自性といったものはまったくない、というのがロイトホルトの詩に対する一般的な評価なのである。おそらくヨ

ハネスはある程度までロイトホルトのキャラクターを映しているのではなかろうか。

「ああ、なんと早いのか（Ach, wie so bald）」この唐突に出て来るフレーズは、カール・クリンゲマン（Karl Klingemann, 1798-1862）という人が作詩して、メンデルスゾーンが曲を付けた『秋の歌 Herbstlied』という歌の冒頭である。

Ach, wie so bald verhallet der Reigen, ああ、なんとすばやく輪舞は消えて、
Wandelt sich Frühling in Winterzeit! 春は冬に変りゆく！
Ach, wie so bald in trauerndes Schweigen ああ、なんとすばやく悲しい沈黙へ
Wandelt sich alle der Fröhlichkeit! 楽しさは変わりゆく！

「アハ、ヴィー・ゾー・ヴァルト（Ach, wie so bald）」、確かに鳥の鳴き声のようにも思える。「ホー、ホケキョ」にも似ているような気がする。「ああ、なんと早いのか、」これだけでは文脈からおぼろげにしか意味がとれないが、出典をたどると、秋が移ろって、四季が巡るのが早いということが確認できる。くどいようだが、Reigen と Schweigen が、また Winterzeit と Fröhlichkeit が韻を踏んでいる。ただ「冬（Winter）」と言えば良いところを Fröhlichkeit と韻を踏むために「冬の時

（Winterzeit）」としたりしている。ここに紹介した（特にゲーテの時代の）ドイツの韻文はよく見るとたいてい韻を踏んでいるが、大別すればこの『秋の歌』のように隔行で押韻するものと、ルイゼ・ヘンゼルの『私は眠い』のように二行ずつ韻を踏むものがある。

この『秋の歌』が作曲されたのは一八四五年、ヨハンナが十八歳の年であった。つまり私たちはこの歌を彼女の青春時代の流行歌として鑑賞すれば良いことになる。

【彼らの誰も忘れない――Ihrer Keines vergessen】

この物語の主な登場人物はロベルト（Robert ロビー Roby）、ザラ（Sarah）そしてネリ（Nelly）である。メインのキャラクタはネリだが、彼女は例によって語り部であり、進行役である。明らかにネリは作者ヨハンナの代弁者であるが、ストーリーにほとんど影響を及ぼさない。

一人の精神を病んだ女がネリの父の患者だった（ヨハンナの父も精神科医でかつ外科医）。その女の息子がロベルト。彼はネリにカリフォルニアへ行こうと誘うが、ネリは断る。彼の母が死ぬとロベルト一家は消息不明になる。

カリフォルニアのゴールドラッシュは一八四八年に始まった。ヨハンナが二十一の時だ。当時はまだイタリアもドイツも統一していない。産業革命によって無産階級が生まれ、史上初めての赤色革命がナポレオン戦争以後のウィーン体制を揺さぶり、マルクスとエンゲルスが『共産党宣言』を書いた年だ。翌年ヴァーグナーはチューリヒに亡命。アメリカに渡るという話はフローニにも出て来るが、ヨハンナが「八歳」の時の話ではなさそうだ。当時スイスはまだ貧しかった。天険育ちの屈強なスイス傭兵を欲しがる国はヨーロッパ中にあった。当時マイエンフェルトにはまだ鉄道が通っておらず、ラガーツ温泉は影も形もなかった。そんな頃にアメリカに渡ればスイスにいるよりは楽に暮らせる、そう考えた貧しいスイス人がたくさんいたということだ。

ネリはロビーと別れ、成長したあと、仕事と交際の関係でザラという娘と知り合う。彼女はライン川下流地方の親戚の家にしばらく滞在した。そこにはエンマ（Emma)、ハインリヒ（Heinrich)姉弟がいた。ザラは知遇を得て、イタリア旅行に同伴することになったが、エンマが急死し、寂しがっているエンマの母のために再びラインラントの家に滞在する。しかしハインリヒの極端な信心深さにザラは耐えきれずにその家を離れる。ハインリヒが急死したという知らせを受けたザラは自分がハインリヒにした仕打ちを後悔する。ザラはまた、幼い子供を湖でおぼれ死にさせ悲嘆の余り狂ってしまった女の死に際を看取る。ザラは他人に奉仕することに救いを見出して、看護婦となる。ザラが働いている病院に監獄から重病の患者が送られて来るが、それはロベルトだった。彼の母の死後、父は自殺し、兄弟たちはちりぢりになる。ロベルトはある牧師の家で育てられ、成人すると山道の建設現場などを転々とするがずっと貧しいままだった。ロベルトはあるとき飲み屋で知り合いをなぐり殺してしまい（このエピソードはアルムおじさんに似ている）、監獄に入れられる。ザラはロベルトの死を看取る。その際にザラが唱えたのは、またしてもパウル・ゲルハルトの詩で、バッハがマタイ受難曲（BWV 244）に用いている「ああ、血だらけで傷だらけの頭（O Haupt voll Blut und Wunden)」であった。

Wenn ich einmal soll scheiden, 私があなたから離れようとしても、
So scheide nicht von mir, あなたは私を離さないでください、
Wenn ich den Tod soll leiden, 私が死にそうなときには、
Alsdann tritt Du herfür. 私のところへ来てください、
Wenn mir am allenbängsten 私が不安で
Wird um das Herze sein, 仕方ないときには、
Dann reiß mich aus den Ängsten, 私を不安と痛みから引き離してください、
Kraft Deiner Angst und Pein. あなたの力によって

なるほど、だがこの作品はそれまでのものと比べて詩や歌の引用が非常に少ないのである。『フローニ』で、あんなに詩をちりばめないと気が済まなかったヨハンナが、今やストーリーテラーを志向しつつあるのを感じる。のちの『ハイディ』などの作品にも詩は引用されるが、きわめて限定的になっていく。フィエトルがヨハンナをスカウトしたとき、彼女はきっと、ゲーテが好きで、賛美歌が好きで、身内話が好きな女性だったのだろう。それらの要素が『フローニ』では原型のままモザイクのように配置された。だが、執筆活動を続けるうちに彼女も面白そうなネタを取材し、メインの素材に据えるようになった。ロベルトの殺人事件がまさにそうではなかったか。

話の中にいくつかの場所が出て来てややこしいので少し整理してみる。

最初にネリの故郷が出て来る。山の中の見晴らしの良い丘の上にネリの父の病院がある。そこから少し離れたところにロビーが住んでいる。しかしこれらの場所は後で二度と出て来ることはない。

次に、岩に囲まれたザラの故郷が出て来る。日光がささないほどに深い木立の底にはひっそりとした湖がある。哀れなおばあさんと溺れた子供が出て来るのもここだ。そのさらに山の上にはネリがときどき患者を連れて行く温泉の療養所がある。

あと一つ、ザラの親戚が住むライン川のほとりの家というものが出て来る。そこはザラがかよった「看護婦学校K」からそれほど離れていないと作中にあるから、（理由はすぐ後で述べるが）おそらくはデュッセルドルフ（つまりライン川のかなり下流）だろう。ドイツの中で八番目くらいに大きな都市である。そこにはハインリヒ、エンマ、その父母らが住んでいる。「Dにある美術学校（Künstlerschule drüben in D）」とは一七七三年に設立されたKunstakademie Düsseldorfのことだろうか。これもまたライン川のほとりにあって、「看護婦学校K」から十キロメートルほどである。

『フローニ』に出て来たゲーテの戯曲『タウリスのイフィゲニー』が再びこの話の中にも出て来る。この作品は直接的には大昔のエウリピデスの同題の悲劇を脚色したものだが、アイスキュロスの『アガメムノン』の続編ともなっている。ヨハンナはよほどこのゲーテの作品が好きらしい。少々長くなるが解説をしてみる。

神々に愛された半神タンタロスは息子ペロプス（ペロポンネソスの語源）を殺し、その肉を神々に食べさせようとして怒りを買う。ゼウスはタンタロスの子孫が互いに殺し合うという呪いをかけ、ペロプスをよみがえらせる。ペロプスの孫アガメムノンは嵐のためにトロイア戦争に出航できない。神託を伺うとアルテミスを侮辱したためであると告げられる。そこでアガメムノンは妻クリュタイムネストラの留守に娘イフィゲニーをアルテミスの犠牲に献げる。娘を殺されたと思ったクリュタイムネストラはその情夫のアイギストスを誘ってアガメムノンを殺害する。ところがアルテミスはイフィゲニーの気高さに心を打たれて彼女を免除し、自らの神殿の神官とするためにタウリスに流す。タウリスとは今のクリミア半島であるという。『フローニ』に出て来た「ギリシャの国を心に求め（das Land der Griechen mit der Seele suchend）」とは、『タウリスのイフィゲニー』第一章冒頭に出て来る、故郷を懐かしむイフィゲニーのモノローグである。

イフィゲニーの弟オレステスと従兄弟のピュラデスはクリュタイムネストラとアイギストスを殺害する。オレステスとピュラデスは復讐の女神エリニュスに追われることとなり、アポロの託宣によってタウリスにやって来る。タウリス王トアスは二人を捕らえ、どちらか一人を殺すようイフィゲニーに命じる。イフィゲニーとオレステスは名乗りあって実の姉弟であることを知る。オレステスはいずれにしても自分はエリニュスをなだめるために死ななければならないと覚悟する。彼は冥界でクリュタイムネストラと再会し和解した。すなわち「タンタルスの一族はその夜以来幸せになった（das Geschlecht des alten Tantalus Hat seine Freuden jenseits der Nacht.）」ヨハンナは仲の悪いロベルト一家を骨肉相食むタンタルス一族になぞらえたのである。

オレステスは冥界の夢から醒める。イフィゲニーはタオスに許され、オレステスらとタウリスを離れる。

『タウリスのイフィゲニー』はゲーテが重く用いられていたヴァイマル公カール・アウグスト（Karl August von Sachsen-Weimar-Eisenach 1757–1828）のもとで上演され、ゲーテ自身がオレステス役を演じた。

イェルグリ（Jörgli）という三歳の子供を溺れさせた女はもう二十年間も正気を失っていた。彼女はもはや祈ることさえできないかもしれないとザラは危惧した。だから彼女は、キリスト教で一番重要で一番有名な祈祷文の一番肝心かなめな箇所、「私たちを悪から救え。あなたは国であり力であり誉れである。」だけを抜き出して、その狂った女に繰り返し唱えさせた。ヨハンナの父は精神病の専門家でもあった。彼らをどうやって慰め、安らかに死なせることができるか。医学の力ではどうにもならないときどうすれば良いか。そんなときには、まさに「南無阿弥陀仏」と念仏を唱えるように、一つの言葉だけを繰り返し唱える。それが唯一の解決策だとヨハンナは言いたかったのだと思う。

そのキリスト教の中でも一番有名な祈祷文というのは「私たちの父（Das Vaterunser）」である。おそらくは最初期のキリスト教団の中ですでに唱えられていたもので、のちにマタイ福音書に追加された。『フローニ』にも、『マリー』にも出て来る。日本聖書協会翻訳、一九一七年『大正改訳』によれば、

天《てん》にいます我《われ》らの父《ちち》よ、

願《ねが》はくは御名《みな》の崇《あが》められん事《こと》を。
御国《みくに》の来《きた》らんことを。
御意《みこころ》の天のごとく地《ち》にも行《おこな》はれん事を。
我らの日用《にちよう》の糧《かて》を今日《けふ》もあたへ給《たま》へ。
我らに負債《おひめ》ある者《もの》を我らの免《ゆる》したる如《ごと》く、
我らの負債をも免し給へ。
我らを嘗試《こころみ》に遇《あ》はせず、
悪《あく》より救《すく》い出《いだ》したまへ。

となる。他にもいろんな口語訳や、カトリックとプロテスタントの共同訳などがあり、それぞれ翻訳の工夫があったわけだが、とりわけこの戦前の文語訳で面白いところは、今の口語訳で「罪を許す」とあるところを、「負債を免除する」となっているところだ。私はそこでルター訳聖書一九一二年にできるだけ忠実に（やや文語調に）訳してみた。

Vater unser im Himmel 天にある我らの父よ。
Geheiligt werde dein Name. 汝の名は神聖とされよ。

Dein Reich komme. 汝の国は来たれ。
Dein Wille geschehe, 汝の意志が興れ、
wie im Himmel, so auf Erden. 天にある如く、 地にも。
Unser tägliches Brot gib uns heute. 我らの日々のパンを今日我らに与えよ。
Und vergib uns unsere Schuld, そして我らの借りを免ぜよ、
wie auch wir vergeben unsern Schuldigern. 我らが我らに借りある者を免ずる如くに。
Und führe uns nicht in Versuchung, そして我らを試み惑わすな、
sondern erlöse uns von dem Bösen. その代わり我らを悪から救え。
Denn dein ist das Reich なぜなら汝は国であり、
und die Kraft und die Herrlichkeit 力であり栄えであるから
in Ewigkeit. Amen. とこしえに、 アーメン。

Schuld は「罪」、Schuldiger は「罪人」とも訳されるが、おそらくSchuld は借金、Schuldiger は債務者という意味に使われている。即物的に「お互いに貸し借りを帳消しにしよう、」そんなふうなニュアンスだと思うのだ。私なら「罪」という抽象概念よりも「借金」のほうがずっと心に迫って来るように思う。『マリー』では「私たちに借りのある者を許すように、私たちの借りも許して

ください」と訳しておいた。なお、「嘗試」とは「舐めて味見すること」である。

【作家ヨハンナ・シュピリとディアコニッセ】

ヨハンナの母メタやヨハンナ自身が属していた宗派がどのようなものであったかは、彼女の作品を見れば歴然としている。『若い頃』でマリーのおばあさんはいつも、(ルター)聖書と、(パウル・ゲルハルトの)歌集と、ヨハン・アルント(Johann Arndt, 1555–1621)の『真のキリスト教』四巻(Vier Bücher vom wahren Christentum, 1610)を窓辺に置いていた。これは間違いなくヨハンナの母メタの肖像である。アルントはルターのすぐ後に出て来たルター派の神学者。ちなみにルター派には音楽家が多く、J. S. バッハもメンデルスゾーンもそうである。『真のキリスト教』は「ドイツ語圏プロテスタンティズムの他のいかなる書物も、数世紀を通じてほぼ同数の版数さえ重ねたことがない」「ほとんどだれの手にもどの家にも『真のキリスト教』が見いだされる」(ヨハネス・ヴァルマン著、梅田與四男訳『ドイツ敬虔主義 宗教の再生を求めた人々』)というほど普及した本であるから、メタが所有していても何の不思議もないわけである。マリーはおばあさんに『真のキリスト教』ばかりを読まされていた。それでマリーは飽き飽きして、再洗礼派の新規な教説に心を動かされる。それに対して「私」は「一途な敬虔さがあればそれだけで安全であり、それ以外の特別な道を行く必要はない（man kann sicher gehen, wenn man jemand im Rücken hat, der recht fromm ist und doch nicht so besondere Wege gehen muß.）」と諭す。

ヨーロッパでは、中世の修道女から近代的な看護婦が生まれて来た。今もSchwester（英語のsister）とは姉妹という意味であり、シスター（修道女）という意味であり、看護婦という意味もある。

『フローニ』の表紙には「聖母マリア教会のディアコニッセたちの基金を募るために（Für die Versorgungskasse der Gemeinde-Diakonissen in U. L. Frauen）と記されている。フィエトルはGemeindeschwesternと表現しているが、Gemeinde-DiakonissenとGemeindeschwesternは同じものだ。本書ではこのディアコニッセ（Diakonisse）という言葉も看護婦と訳している。当時、ドイツ社会で奉仕活動を行うプロテスタントの女性たちのことをディアコニッセ（Diakonisse）と言うことがあった。

前述のフィエトルの長女ヘレネもディアコニッセだった。彼女はチューリヒに滞在したあとにバーゼルのリーエン（Riehen）というところにあるディアコニッセの施設で学んだ。『彼らの誰も忘れない』に出て来るザラは「Kという看護婦学校（Diakonissehaus von K）」に学ぶが、この学校とはデュッセルドルフにある、一八三六年に設立されたカイザーヴェルター・ディアコニー（Kaiserswerther Diakonie）であると考えられる。というのは、ヨハンナの女友だちの一人であるマティルデ・フュスリ（Mathilde Füssli）という人もこのカイザーヴェルターに学んでいるからである。この学校は、プロテスタントの一派の、福音派の牧師が世界で初めて設立した本格的な看護婦養成学校で、クリミア戦争（1853-1856）に従軍したイギリス人の看護婦フローレンス・ナイティンゲールもまた、このカイザーヴェルターに留学しているのである。

ディアコニッセの語源であるギリシャ語のディアコニア（diakovia）とは教会の共同体の中で行われるすべての奉仕活動のことを言う。近代のディアコニッセは聖職者ではなかった。近代ヨーロッパはもはや、一部の聖職者だけに社会福祉や医療活動を担わせられるような牧歌的な社会ではなかった。ディアコニッセは宗教活動と医療活動が未分化な時代の、修道女から看護婦が生まれて来る過渡期の、世俗のボランティアであった。多くの世俗の、比較的生活に余裕のある富裕者たちが、ボランティア活動に参加するようになる。スイスの実業家アンリ・デュナンは傭兵として近代戦争に駆り出されるスイス同胞らの惨禍を目の当たりにして赤十字社を設立した。ナイティンゲールはイギリスの下級地主（郷紳）の娘。ヨハンナもまた同じような階級に属していた。彼女は、家庭の主婦になる気は余りなかったように思う。結婚した時期も二十五歳と当時としてはやや遅い。ヨハンナがロイトホルトに失恋したためだと言う人もいる。なるほど『若い頃』のクララはヨハネスに失恋した。それで俗世を捨ててディアコニッセになろうとした？　おそらくヨハンナは一時期自身もザラのようにディアコニッセになるつもりでいたのではなかろうか。クララやザラが結婚するなんて話はどこにも書かれていない。そして彼女らは明らかにある程度までヨハンナ本人がモデルである。或いはヨハンナと同類の女性たちだ。ヨハンナには社会奉仕のために生きていく覚悟ができつつあったが、ベルンハルトのしつこい求婚に折れる形で結婚し家庭に入った。しかし、家事は嫌いで女中に任せきりだったそうだ。

【最後に】

文学少女だったヨハンナは本来信心深くはなかった。信仰を受け入れるのに強い抵抗があったことが作品から読み取れる。私はヨハンナを通じて、ヨーロッパの知識階級がどうやって知性と宗教の折り合いを付けていくのか、その一例を見た気がする。ヨハンナはゲーテの詩情と広い精神世界にあこがれ、一方で小さな故郷と質朴で一途な信仰に愛着を感じていた。常にこの相容れぬ二つのモチーフが交互に主旋律となり副旋律となって、危ういバランスの上に拮抗している。その二律背反的で不安定な対立の構図がヨハンナの作品の一貫した特色であり魅力なのだ。ゲーテは知性を、ゲルハルトは信仰をそれぞれ代表している。いずれもヨハンナにとって命の水だが、ゲーテは昂揚を、ゲルハルトは癒しを与えてくれる。

気まじめさ・堅苦しさはヨハンナの好まぬところであった。死や病苦、暴力や貧困を語りながらも常にユーモアを忘れなかった。それが彼女の作品を単に退屈で苦痛な「説教」のごときものに終わらせてはいない。「訳者まえがき」にも書いたように、最初フィエトルは、堅信礼を受けた子供たちに読ませる教会新聞の読み物程度のものをヨハンナに依頼した。ゲーテの『私の人生、詩と真実』に（学校で教養を身に付けた中流もしくは下流階級の若者たちは）「堅信礼を受けるくらいに成長した子供らには宗教授業のおさらいをしてやった (Mit erwachsenern Kindern, welche konfirmiert werden sollten, repetierten sie den Religionsunterricht)」などという記述が見えるが、このような新成人向け教育というものは、当時の知識階級にとって比較的ポピュラーなアルバイトであり、そういう教育者をスカウトするのもまた牧師の仕事だったはずだ。そしてフィエトルはヨハンナの作家としての才能に気付き、彼女を本気で売り出す気になったのだろう。

今回ヨハンナの作品を読んで、スイスの自然や風俗というよりも、ドイツの文学、特にゲーテの詩や、宗教詩についてずいぶんと学ばせてもらった。聖書についても改めて勉強させてもらった。ヨハンナの視点で、非常に効率良くドイツの古典文学を概観させてもらった。ヨハンナは私たちをドイツ文学の森の入り口まで招待してくれる。そこはかつてヨハンナが生まれながらに住んでいた場所だ。少なからぬ人が『ハイディ』をきっかけにその作家の世界をも知ろうと願う。そうしてさらにその森の奥へ足を踏み入れようとして、その深淵をのぞき見て、ぎょっとすくんでしまう。ヨハンナの童話以外の作品が未だに英訳すらされてないのはそのせいなのだろう。

私がヨハンナに惹かれた理由は他の『ハイディ』ファンたちとは少し違っていたかもしれない。原作の『ハイディ』には単なる童話にしては余計なディティルが描きこまれて、童話とかメルヒェンに徹し切れていず、そのちぐはぐさに私は違和感を持った。

アルプス山中の炭焼き小屋に転地療養してクララの足が治ってしまうという、ちょっと信じがたい美談よりも、デーテとアルムおじさんの間の、どろどろとしたリアルな親権争いの方に私は興味を引かれた。『ハイディ』の続編、つまりクララが山を訪れて足が治るという後半部分は、前編が余りに好評だったので、出版社の都合で書いたのだ、高橋健二によるヨハンナの伝記（『アルプスの少女ハイジとともに』彌生書房）にはそう書かれている。或いはそうであったかもしれない。ヨハンナは医者の娘で、親戚にも医者や看護婦がたくさんいるので、医学的にあり得ないことを書くはずはないのだが、子供たちが無慈悲に死んでいくヨハンナの初期作品と比べて、『ハイディ』は余りにも楽観的で作り話めいている。

牧師フィエトルに勧められて『フローニ』を書き、宗教色を薄めた『ハイディ』で作家として成功した。ではヨハンナ、あなたは本当は何を書きたかったのか、あなたの作家性とは何か、ということを問うてみたくなるではないか。だが彼女は自伝を残さなかった。自らを語りたくなかったから。

テレビアニメの『アルプスの少女ハイジ』では宗教的な要素がほとんど削り落とされている。日本人はキリスト教に疎いから、という簡単な理由で蓋をされているが、それだけではない。日本人は決して宗教が嫌いではないし、ドイツ特有の神霊思想や自然崇拝が嫌いなはずがない、だが、アメリカ一辺倒の戦後日本において、子供向けのアニメでそれらのテーマに踏み込むのは難儀だったに違いない。ドイツ文学をありのままに理解するには、雨期の雨がネゲブ砂漠の涸れ川に水を戻すように、まず私たち自身が、虜囚から解き放たれなくてはならない。

【固有名詞（植物名、動物名、地名等）一覧】

シラカバ（Birke）

イチジク（Feige）

ブドウ（Wein）

スモモ（Pflaume）　正確にはセイヨウスモモのこと。Pflaumenblau は直訳すれば「スモモの青」

だが、紫のほうが近い。

レモン（Zitrone）

百合（Lilie）

バラ（Rose）

スミレ（Veilchen）

忘れな草（Vergißmeinnicht）

サクラソウ（Schlüsselblume） 直訳すれば「鍵の花」。英語では cowslip（ウシスベリ）などと呼ばれるが、ぴったりの和名はない。

梨（Birne）、梨の木（Birnbaum）

トネリコ（Esche） セイヨウトネリコとも。英語では Ash tree。

銀盃花（Myrte） ギンバイカ。銀梅花。日本産の銀梅草（ギンバイソウ）とは別種。

月桂樹（Lorbeer）

モミ（Tanne）

赤松（Föhre） Kiefer、Waldkiefer、ヨーロッパアカマツとも。単にマツと訳してもよかったかもしれない。

グレープフルーツ（Pomeranze） ザボンとオレンジの自然交配種。原産はカリブ海の西インド諸島か。

山リンドウ（Berg-Enziane）

蔦（Epheu）

エンドウ（Erbse）

麦の穂（Halm） 穀物の茎のことだが、「麦の穂」と意訳する。

穂先（Ähre）

麦の花（Kornblumen） 直訳すれば「穀物の花」。

麦畑（Kornfeld） これも直訳すれば「穀物の畑」。

カーネーション（Nelke） ナデシコ科の植物。真っ赤なナデシコなのでカーネーションと訳した。

スイセン（Narzisse）

ローズマリー（Rosmarin）

ツルニチニチソウ（Immergrün） 直訳すれば「常緑」。

イチゴ（Erdbeer, Beer） 時に「野イチゴ」とも訳した。

リンゴ（Apfel）、リンゴの木（Apfelbaum）

ハシバミ（Hasel） セイヨウハシバミとも。落葉低木。種子はヘーゼルナッツ（Hazelnut）と呼ばれてケーキなどに使われる。

ヤマナラシ（Espe）　ヤマナラシの葉（Espenlaub）。葉が微かな風でも揺れることから「山鳴らし」と呼ばれる。

ボダイジュ（Linde）　或いは、シナノキと訳される。

トウヒ（Fichte）　ドイツマツ、ドイツトウヒ、ヨーロッパトウヒなどとも呼ばれる。シュヴァルツヴァルト（黒い森）やアルプスなどに生える。高い針葉樹。モミの木に似て、クリスマスツリーに使われる。

サフラン（Zeitlose）　和名はイヌサフラン。秋のクロッカス、芝生のサフラン、などとも呼ばれる。クロッカスは早春に咲き、サフランは秋に咲く。作中では特に厳密に区別する必要はないと考えて、サフランと訳した。

ブナ（Buche）

カシ（Eiche）　ブナ科のカシやナラの総称。英語ではOak。本書ではカシに統一。

サンザシ（Weißdorn）

ライラック（Flieder）

クロウタドリ（Amsel）　英語ではblackbird、日本語ではツグミと訳されることが多いようだ。

カッコー（Kuckuck）

アトリ（Finke）

マヒワ（Zeisig）
フクロウ（Eule）
ヒバリ（Lerche）
カラス（Krähe）
ツバメ（Schwalbe）
コオロギ（Grille）
さえずる鳥たち（Singvögel）
雌鳥（Henn）
ネズミ（Maus）
サメ（Hai）
クジラ（Walfisch）

ピラトゥス山（Pilatus）　スイスのルツェルンの近くにある山。標高二一二八メートル。ヒルツェルから見ると南西。

クラリデン山（Clariden）　標高三二六七メートル。チューリヒの南。

ユーラ（Jura）　フランスとスイスの国境のジュラ山脈のこと。ヨハンナの故郷から見ると、北西の方角。

ヴァートラント（Waadland） スイスのヴォー（Vaud）州のこと。

ウェールズ（Wals） イギリスのウェールズ州。

リーフラント（Livland） リヴォリア（Livoria）とも。現在のラトヴィアからエストニアにかけての地方。

カリフォルニア（Kalifornien）

アメリカ（Amerika）

ライン川、ラインラント（Rhein） スイス東部の山岳地帯グラウビュンデン州に発したライン川は、アルムおじさんの故郷ドムレシュク、『ハイディ』の舞台マイエンフェルトを過ぎ、バーゼルからドイツに入る。『彼らの誰も忘れない』に出て来るこの地名は具体的には、ずっと下流、ラインラントのデュッセルドルフと思われる。おそらく『若い頃』に出て来るマルタの嫁ぎ先も似たような所ではなかろうか。また、ザラの故郷の岩山の村というのは、ライン川の最上流のドムレシュクであったかもしれない。ヒルツェルも「山」と表現されているが、「岩山」ではない。もしかするとこの山奥の療養所の経験から、『ハイディ』でクララの足が治る、というアイディアが生まれたのかもしれない。

ライン（Rain） 『若い頃』『彼らの誰も忘れない』に出て来る地名。Rheinではない。ヒルツェルから三十キロメートルほど離れたところにこの地名があるが、少し遠すぎる。ヒルツェルの近くの湖畔の町ホルゲン（Horgen）のことではなかろうか。ヒルツェルという地名も作中には出て来ないので、あり得る話ではなかろうか。

年譜

《　》でくくった書名は白水社刊『スピリ少年少女文学全集』に基づく。
（　）でくくった書名はもとのタイトルをそのまま訳したものである。右の全集の訳と大差ない場合には省いてある。

一七八三年　ヨハン・ヤコブ・ホイッサー（Johann Jakob Heusser、ヨハンナの父）ホルゲンに誕生。
一七九七年　メタ・ホイッサー・シュヴァイツァー（Meta Heusser-Schweizer、ヨハンナの母）ヒルツェルに誕生。
一八一〇年　ヨハン・ヤコブ、ヒルツェルに村医として着任。
一八二一年　ヨハン・ヤコブ、メタと結婚。
一八二七年　ヨハンナ・ホイッサー（のちのシュピリ）ヒルツェルに生まれる。
一八三六年　カイザーヴェルター看護婦学校設立。
一八四一年　ヨハンナ、故郷の学校を卒業。ヒルツェルを離れ、チューリヒの叔母エリザベータ（Elisabetha Wichelhausen-Geßner）の家（通称、ブレーメンの家 Bremerhaus）に暮らす。十四歳。
一八四三年　ヨハンナ、堅信礼を受ける。十六歳。

一八四四年　ヨハンナ、イヴェルドン・レ・バン（Yverdon-les-Bains, スイスのフランス語圏ヴォー（Vaud）州）に一年間遊学（十七歳）。その後ヒルツェルに戻る。

一八四八年　フランス王政廃止。メッテルニヒ失脚。ウィーン体制崩壊。

一八四九年　リヒャルト・ヴァーグナー、チューリヒに亡命。ヨハンナ二十一歳。

一八五一年　ヨハンナ、ベルンハルト・シュピリと婚約。ヨハンナ二十四歳。

一八五二年　ヨハンナとベルンハルト結婚。二十五歳。チューリヒに住む。

一八五五年　ヨハンナの息子ベルンハルト・ディートハイム（Bernhard Diethelm）誕生。

一八五八年　叔母エリザベータ、子供無くして死去。シュピリ夫妻、ブレーメンの家を買い取り、入居。母メタの最初の詩集『名を伏せた者の歌』出版。

一八五九年　ヨハンナの父ヨハン・ヤコブ死去。享年七十六歳。

一八七〇年　普仏戦争。

一八七一年　ヨハンナ四十四歳。

Ein Blatt auf Vrony's Grab, Erzählung von J. S., Bremen, Buchdruckerei von C. Hilgerloh, Für die Versorgungskasse der Gemeinde-Diakonissen in U. L. Frauen（フローニの墓に一言、J. S. による物語、ブレーメン、C. ヒルガロー印刷所。ブレーメン聖母教会のディアコニッセ共同体の基金のために）三三ページ。一部六グローテ（約三六〇円）

一八七二年

Nach dem Vaterhausel von der Verfasserin von: "Ein Blatt auf Vrony's Grab"（父の家へ。フローニの墓に一言の作者による）

1. Daheim und in der Fremde（故郷で、そして異国で）
2. Marie（マリー）

Durch das Feuer der Bewährung zu den Höhen der Verklärung, Die Hälfte des Ertrages ist zum Besten der Versorgungscasse der Gemeinde-Diaconissen in U. L. Frauen（売り上げの半分はブレーメン聖母教会のディアコニッセ共同体のために）

五五ページ。一部九グローテ（約五四〇円）。

一八七三年

Verirrt und gefunden von J. S.（J・S・による『迷い出て、そして見出されて』）

Ich will mich meiner Heerde selbst annehmen und sie suchen.
Ich will das Verlorene wieder suchen und das Verirrte wiederbringen.
Ich will das Verwundete verbinden und des Schwachen warten
Ezechiel 24
Verlag von C Ed. Müller

1. Ein Blatt auf Vrony's Grab
2. Ihrer Keines vergessen
3. Aus früheren Tagen.
4. Daheim und in der Fremde
5. Marie

一八七六年　ヨハンナの母メタ死去。享年七十九歳。

一八七八年

Heimathlos, Zwei Geschichten für Kinder und auch für Solche, welche die Kinder lieb haben.（故郷喪失、子供と子供を愛する人たちのための二つの物語）

von der Verfasserin von 〝Ein Blatt auf Vrony's Grab〟（『フローニの墓に一言』の作者による）

Gotha: Friedrich Andreas Perthes（ゴータ市フリードリッヒ・アンドレアス・ペルテス）

二三五ページ

1. Am Silser- und am Gardasee《小さなバイオリンひき》（ジルス湖とガルダ湖のほとりで）
2. Wie Wiseli's Weg gefunden wird《ヴィーゼリの幸福》（ヴィーゼリの道はどうやって見つかるか）

一八七九年

Verschollen, nicht vergessen. Ein Erlebnis, meinen guten Freundinnen, den jungen Mädchen,（失踪したが忘れない、私の良き友達、若い娘たちの体験）
erzählt von der Verfasserin von 〝Ein Blatt auf Vrony's Grab〟 etc（『フローニの墓に一言』などの作者による物語）
Gotha: Friedrich Andreas Perthes
二〇二ページ

Aus Nah und Fern. Noch zwei Geschichten für Kinder und auch für Solche, welche die Kinder lieb haben（近く、そして遠くから）
von der Verfasserin von 〝Ein Blatt auf Vrony's Grab〟
Gotha: Friedrich Andreas Perthes
二二二ページ
1. Der Mutter Lied《母の歌》
2. Peppino, fast eine Räubergeschichte《南国の子供たち》（ペッピーノ、あわや強盗事件）

一八八〇年

Heidi's Lehr- und Wanderjahre. Eine Geschichte für Kinder und auch für Solche, welche die Kinder lieb haben.《アルプスの少女》（ハイディの修行と放浪時代）
von der Verfasserin von 〝Ein Blatt auf Vrony's Grab〟
Gotha: Friedrich Andreas Perthes
二四〇ページ

Aus unserem Lande. Noch zwei Geschichten für Kinder und auch für Solche, welche die Kinder lieb haben.（私たちの国から）
von Johanna Spyri
Gotha: Friedrich Andreas Perthes
二〇〇ページ
1. Daheim und wieder draußen《はんのき屋敷の少女》（故郷とその外で）
2. Wie es in Waldhausen zugeht《おてんば娘カーティ》（森の家ではどうしているか）

Im Rhonethal（ローヌの谷で）
Von Johanna Spyri, Verfasserin von 〝Verschollen, nicht vergessen〟（『失踪したが忘れない』の作者、ヨ

ハンナ・シュピリ)
Gotha: Friedrich Andreas Perthes
九九ページ

一八八一年

Am Sonntag（日曜日に）
Erzählung von Johanna Spyri, Verfasserin von: 〝Heidi's Lehr- und Wanderjahre〟, 〝Ein Blatt auf Vrony's Grab〟 etc
Barmen: Klein
九六ページ

Heidi kann brauchen, was es gelernt hat. Eine Geschichte für Kinder und auch für Solche, welche die Kinder lieb haben.《アルプスの少女》（ハイディは学んだことを役立てる）
Gotha: Friedrich Andreas Perthes
一七八ページ

Ein Landaufenthalt von Onkel Titus. Eine Geschichte für Kinder und auch für Solche, welche die Kinder

lieb haben.《星への祈り》（ティトゥスおじさんの滞在）
Gotha: Friedrich Andreas Perthes
一八〇ページ

一八八二年

Kurze Geschichten für Kinder und auch für Solche, welche die Kinder lieb haben.
Gotha: Friedrich Andreas Perthes
二三二ページ
1. Beim Weiden-Joseph《羊のゆくえ》（柳のヨセフ）
2. Rosen-Resli《ばらのレスリ》
3. Der Toni von Kandergrund《石小屋のトニー》（カンダーグルントのトニー）
4. Und wer nur Gott zum Freunde hat, dem hilft er allerwegen!《お正月の豆歌手》（ただ神を友とする者はいつも神が助ける）
5. In sicherer Hut《ゼブリーの手柄》（より安全に保護されて）

一八八三年

Wo Gritlis Kinder hingekommen sind. Eine Geschichte für Kinder und auch für Solche, welche die

Kinder lieb haben.《ぼくたちの仲間》（グリトリスの子供たちはどこに帰ったか）
Gotha: Friedrich Andreas Perthes
一七八ページ

一八八四年　ヨハンナの夫ベルンハルト死去、享年六十三歳。息子ベルンハルト・ディートハイム死去、享年二十九歳。

Gritlis Kinder kommen weiter. Eine Geschichte für Kinder und auch für Solche, welche die Kinder lieb haben.《ぼくたちの仲間》（グリトリスの子供たちはまたやって来た）
Gotha: Friedrich Andreas Perthes
一六六ページ

一八八四年

Zwei Volksschriften（二つの民話）
Gotha: Friedrich Andreas Perthes
二〇七ページ
1. Ein goldener Spruch（金言）
2. Wie einer dahin kam, wo er nicht hin wollte（行きたくないところでどうなったか）

Sina. Ein Erzählung für junge Mädchen.（ジーナ、若い娘のための物語）
Stuttgart: C. Krabbe
二三一ページ

一八八五年

Aus dem Leben eines Advocaten（ある弁護士の人生）
Basel: Allgemeine Schweizerische Zeitung

一八八六年

Kurze Geschichten für Kinder und auch für Solche, welche die Kinder lieb haben. Zweiter Band. Gotha:
Friedrich Andreas Perthes
二七六ページ

1. Moni der Geissbub《やぎ飼いモニ》
2. Was der Grossmutter Lehre bewirkt《おばあさんの教え》（祖母の教えは何を引き起こしたか）
3. Vom This, der doch etwas wird《山の天使ティス》（ティスは何になるか）
4. Am Felsensprung《あにといもうと》（岩の断層で）
5. Was Sami mit den Vögeln singt《ザミ、小鳥とともに歌う》（ザミは鳥と何を歌うか）

一八八七年

Was soll denn aus ihr werden? Eine Erzählung für junge Mädchen《少女ドリ》（彼女はどうなるべきか）

Gotha: Friedrich Andreas Perthes

二七〇ページ

Zum Andenken an Albertine Schlatter, geb. Fries（アルベルティーネ・シュラッター、旧姓フリースの思い出）

St.Gallen Zollikoferische Buchdruckerei

一八八八年

Artur und Squirrel. Eine Geschichte für Kinder und auch für Solche, welche die Kinder lieb haben.

Gotha: Friedrich Andreas Perthes《小さな友情》（アルトゥールとリス）

二一三ページ

一八八九年

Aus den Schweizer Bergen. Drei Geschichten für Kinder und auch für Solche, welche die Kinder lieb

haben. Mit vier Bildern.（スイスの山から）
Gotha: Friedrich Andreas Perthes
二四八ページ
1. In Hinterwald《フランチスカ先生とみなし子》（ヒンターヴァルトで）
2. Die Elfe von Intra《ばら園の仙女》（イントラの妖精）
3. Vom fröhlichen Heribli《明るいヘルブリ》

Was aus ihr geworden ist. Eine Erzählung für junge Mädchen. Zugleich Fortsetzung der Erzählung: Was soll denn aus ihr werden?–später neu bearb. von Charlotte Gottschalk: Was aus Dori geworden ist, Hoch–Verlag 1956《学校へ行くコルネリ》（彼女は何になったか）
1890
Cornelli wird erzogen. Eine Geschichte für Kinder und auch für Solche, welche die Kinder lieb haben.
Gotha: Friedrich Andreas Perthes
三三三ページ

一八九〇年

Einer vom Hause Lesa. Eine Geschichte für Kinder und auch für Solche, welche die Kinder lieb haben.

(später auch unter dem Titel Die Kinder vom Lesahof. Das Lied des Berges, und Teil 2 des Originals unter Stefeli. Weitere Schicksale der Kinder vom Lesahof)
《山の上の笛》（レザ家の一人）

Keines zu klein Helfen zu sein. Geschichten für Kinder und auch für Solche, welche die Kinder lieb haben.（誰も助けられない）
Gotha: Friedrich Andreas Perthes
二四〇ページ
1. Allen zum Trost《けなげなエーヴェリ》（みなに慰めを）
2. Lauris Krankheit《白い犬》（ラウリの病気）
3. Cromelin und Capella《山のかなた》（クロメリンとカペラ）

一八九一年

Volksschriften von Johanna Spyri. Zweiter Band. (mit den Texten In Leuchtensee und Wie es mit der Goldhalde gegangen ist)（民話）
Gotha: Friedrich Andreas Perthes
一九九ページ

1. In Leuchtensee（輝く湖で）

2. Wie es mit der Goldhalde gegangen ist（ゴルドハルデはどうなったか）

一八九二年

Schloss Wildenstein. Eine Geschichte für Kinder und auch für Solche, welche die Kinder lieb haben. Mit 4 Bildern.《ふしぎな城》（ヴィルデンシュタイン城）

Gotha: Friedrich Andreas Perthes

二四八ページ

一九〇一年

Die Stauffer-Mühle. Mit Originalzeichnungen von Fritz Rüdiger.（シュタウファーの水車）

Berlin: Martin Warneck

一〇二ページ

ヨハンナ死去。享年七十三歳。

【底本】

e-rara.ch / Verirrt und gefunden / Spyri, Johanna / Bremen, 1882
Schweizerisches Institut für Kinder- und Jugendmedien SIKJM（スイス子供と若者のメディア協会）
のＰＤＦ版 http://dx.doi.org/10.3931/e-rara-16661

電子テキスト版として、プロジェクト・グーテンベルク・ドイツ Johanna Spyri: Aus dem Leben を参考
にした（若干の異同、変換ミスあり）
http://gutenberg.spiegel.de/buch/aus-dem-leben-670/1

【その他参考文献】

国松孝二編『スピリ少年少女文学全集』白水社、一九六〇〜一九六一
高橋健二著『アルプスの少女ハイジとともに』彌生書房（初版『シュピーリの生涯』一九七二）
ペーター・ビュトナー著、川島隆訳『ハイジの原点 アルプスの少女アデライーデ』郁文堂、二〇一三
ヨハネス・ヴァルマン著、梅田與四男訳『ドイツ敬虔主義 宗教の再生を求めた人々』日本キリスト教団
出版局、二〇一二

Regine Schidler: Johanna Spyri（1827–1901）Neue Entdeckungen und unbekannte Briefe 2015
Roswitha Fröhlish, Jürg Winkler: 〝Johanna Spyri-Momente einer Biographie-Ein Dialog〟, Arche Verlag 1986.
田村久男『ミュンヘン派詩人サークルにおけるスイスの詩人ハインリヒ・ロイトホルト―近代フランス詩の翻訳をめぐって―』明治大学教養論集刊行会「明治大学教養論集」三九八巻、一一三～一五八頁、二〇〇五

訳者プロフィール

田中紀峰(たなか・のりみね)

1965年長崎県生まれ。歌人、大学教授。専門は数理芸術だが、その該博な知識は古代ギリシャ史から日本古典文芸にまで及び、現在、アレキサンドロス大王の東方遠征を、西洋史観から離れてアジア的視点で再構築する作品を構想中。

著書に「虚構の歌人藤原定家」(夏目書房新社刊)他

ヨハンナ・シュピリ 初期作品集

平成二十八年(二〇一六年)三月二十四日　初版第一刷発行

著者　ヨハンナ・シュピリ
訳者　田中 紀峰
発行者　揖斐 憲
発行　夏目書房新社
〒150-0043
東京都渋谷区道玄坂1-22-7 道玄坂ピアビル5F
電話 03(6427)8872
FAX 03(6427)8289
発売　垣内出版株式会社
〒158-0098
東京都世田谷区上用賀6-16-17
電話 03(3428)7623
FAX 03(3428)7625
印刷　シナノパブリッシングプレス
乱丁・落丁は面倒ながら小社営業部宛にご送付下さい
ISBN978-4-7734-1000-6